You are so beautiful

Schönheitstipps für Mädchen

Antonie Marquardt • Petra Springer • Birgit Rieger

You are so beautiful

Schönheitstipps für Mädchen

Ravensburger Buchverlag

Hässliche Entlein gibt es nicht

Niemand ist sich selbst gegenüber so kritisch, beurteilt sich so gnadenlos wie Frauen: Woran liegt es, dass über 80 Prozent der Mädchen so unglücklich über ihr Äußeres sind?
Toll sind immer die anderen. Ganz klar, wenn man bedenkt, dass uns die Medien täglich knallhart präsentieren, wie Schönsein auszusehen hat! Die Zauberformel ist aber eine ganz andere: Ausstrahlung ist das A und O. Und die hat wenig mit der Optik zu tun. Wenn du glaubst, du findest das Geheimnis deiner Schönheit im Körper einer anderen, dann täuschst du dich. Also vergiss Claudia Schiffer & Co! Konzentriere dich auf DICH, denn: Hässliche Entlein gibt es nicht!

Auf die AUSSTRAHLUNG kommt es an

Die Medienwelt gaukelt uns vor, dass es eine makellose Schönheit, die absolut perfekte Figur und die Traumhaare schlechthin gibt. Schönsein bedeutet aber etwas ganz anderes: eine positive Ausstrahlung zu haben und ein eigener Typ zu sein. Diese Schönheit ist vor allem eine Sache der richtigen Lebenseinstellung und eines gesunden Selbstbewusstseins.

Wahre Schönheit

„Wahre Schönheit kommt von innen", sagt ein altbekanntes Sprichwort. Und das stimmt tatsächlich! Deine Lebensfreude und deine Ausgeglichenheit spiegeln dein inneres Leuchten wieder und machen dich zu dem, was du bist. Vor allem dadurch wirkst du auf andere attraktiv. Hast du nicht schon selbst erlebt, dass auf dich Menschen anziehend gewirkt haben, die keineswegs den Schönheitsidealen entsprachen, die aber eine ganz bestimmte Ausstrahlung hatten, die einfach „stimmig" wirkten und mit sich selbst im Reinen waren?
Also: Mache dich frei von all den Bildern aus Werbung und Medien. Du musst keinem Model und keiner Schauspielerin entsprechen, denn jedes Mädchen ist auf seine Weise schön.

„Heile" Modelwelt?
Das Thema Kilos, Komplexe, Körperkult ist unerschöpflich und viel beschrieben, doch Schönheitsideale sind nur oberflächlicher Natur und haben mit der Wirklichkeit nichts gemein. Selbst das Modelleben ist größtenteils nur eine Scheinwelt. Nur wenige der Schönen können ihre „Kleiderständer-Figur" ohne Eingriffe halten. Appetitzügler, Drogen und Aufputschmittel fordern einen hohen Preis, doch ohne sie übersteht kaum ein Model das stressige Alltagsleben auf den Laufstegen der Pret-à-Porter-Shows und vor der Kamera. Und selbst Supermodels müssen ab und zu mit Schönheitsoperationen ihre Figur perfektionieren. Eins ist jedenfalls sonnenklar: „No body" is perfect!

DIE PSYCHO-Frage:

1. Wer bist du?

Lerne dich selbst mal genau kennen, statt dich immer an anderen zu orientieren. Hör in dich hinein!

- Wann fühlst du dich besonders wohl?
- Was tust du am liebsten?
- Wann bist du glücklich?
- Wo siehst du deine Stärken und Vorzüge?
- Was gefällt dir besonders an dir?
- Welcher Typ Mensch bist du: Bist du natürlich, spontan oder zurückhaltend?
- Wie wirkst du auf andere?
- Was würdest du gern an dir verändern?

2. Wie möchtest du wirken?

Überlege nun, wie du gerne auf andere wirken möchtest:

- So wie du bist? Gratuliere, du bist schon weit!
- Anders als du bist: Lässig, cool, souverän oder kumpelhaft?
- Wärst du gern die Retro-Schönheit, das freche Girlie oder eine „Rave-Queen"?

3. Nun überleg mal:

Passen eins und zwei zusammen? Das ist der springende Punkt. Denn dauerhaft gut kannst du dich nur fühlen, wenn du nach außen auslebst, was deinem inneren Wesen entspricht. Wenn du also ein natürlicher Typ bist, kannst du dich zwar auf cool trimmen, aber stimmen wird es nicht. Denn überzeugend wirkt nur, was von ganz innen kommt. Und diese Übereinstimmung deiner Persönlichkeit mit deinem Äußeren, der Einklang vom Äußeren mit der Seele, macht selbstbewusst und wirkt dadurch attraktiv.

DU BIST einzigartig

Wenn dir auch schon der erste Blick in den Spiegel am frühen Morgen den ganzen Tag vermiesen kann, dann wird es höchste Zeit, das Ganze positiv anzugehen. Mach dir klar, dass du einzigartig bist. Du bist du! Schönheit kann man nicht als Pille schlucken. Wenn du Dinge an dir verändern kannst und willst, dann ändere sie. Dinge aber, die nicht zu ändern sind, akzeptiere! Das ist ein schönes Stück Arbeit – aber es lohnt sich.

Was kannst du tun? Die „Do-it-yourself-Therapie"

Betrachte dich am besten einmal täglich richtig im Spiegel, nackt, so wie dich der liebe Gott schuf. Lass den Blick langsam und bewusst vom Kopf bis zu den Zehen wandern. Konzentriere dich auf die Stellen deines Körpers, die du als gut oder gar nicht mal so übel einstufst, aber schau auch verstärkt auf deine scheinbaren Problemzonen! Empfindest du dabei ein Unbehagen? Dann mach weiter – jetzt erst recht! Stell dich deinen Komplexen, lauf nicht vor ihnen davon! Nimm dich an und steh zu dir! Denn so übel siehst du doch gar nicht aus, oder?

Frag mal deine Freunde!

Was gefällt ihnen an dir: Vielleicht dein besonderes Lachen, deine sexy Stimme, deine Art etwas zu sagen oder zu gestikulieren? Finden sie deine Augen schön, dein Profil, deine vollen Lippen? Beneiden sie dich um deine schönen Haare? Oder gefällt ihnen dein unverwechselbarer Gang? Oder deine schönen Hände oder Beine?

Mach das Beste aus dir!

Du siehst: Du hast genug Vorzüge und Stärken, die dich attraktiv machen. Es gilt nun, deine ganz eigene Persönlichkeit optimal zur Geltung zu bringen. Dazu kannst du dir dein eigenes Schönheitsprogramm zusammenstellen – ganz auf deine Bedürfnisse abgestimmt.

Eine natürliche Körpersprache beeinflusst die Attraktivität in besonderer Weise.

BODY & SOUL
– dein Schönheitsprogramm

Styling und Outfit sollen Spaß machen und deine Persönlichkeit ins rechte Licht setzen. Dabei gibt es viele Tricks und kleine Mogeleien, die deine Vorzüge betonen und kleine Schwachstellen zurückdrängen. Doch wenn du ständig in Stress bist, deinem Körper durch eine ungesunde Lebensweise zu viel zumutest und nicht mehr zur Ruhe kommst, hilft das beste Styling nichts. Der Körper reagiert prompt, wenn die innere Balance verloren geht. Aus diesem Grund besteht ein optimales Schönheitsprogramm nicht nur aus Hautpflege und Styling, sondern du musst auch einiges für Seele und Geist tun. Wellness heißt das Zauberwort!

Sport macht fit

Regelmäßige Bewegung hält den Körper schlank, gut durchblutet und muskulös. Außerdem werden beim Sport Endorphine, das sind körpereigene Glückshormone, freigesetzt. Das sieht man dir an!

Verschenke ein Lächeln

Wer anderen Menschen mit einem Lächeln begegnet, öffnet gleichsam Türen und wirkt anziehend. Und Lächeln macht schön! Wusstest du, dass man dafür nur 17 Gesichtsmuskeln braucht? Bei schlechter Laune werden 43 Muskeln angespannt und das Gesicht und die Stirn in Falten gelegt – mit dauerhafter Wirkung.

Nur keine Hektik

Schlafmangel, Stress und Unzufriedenheit äußern sich nicht nur in dunklen Augenringen und fahler Haut, sondern haben auf die Dauer ernste gesundheitliche Auswirkungen: Konzentrationsstörungen, Kopfschmerzen oder Krankheitsanfälligkeit. Da hilft nur eins: Immer wieder ausschlafen, das Freizeitprogramm verschlanken, Zoff klären. Regelmäßige Entspannungsübungen verhelfen zu Ruhe und Gelassenheit.

Gesund leben

Nikotin ist ein absoluter Schönheitskiller – Zigaretten lehnst du also besser ab. Für Alkohol gilt das Gleiche – er lässt dich ziemlich alt aussehen. Doch auch Fastfood, Schokoriegel und Chips kommen weder deiner Haut noch deiner Figur zugute.

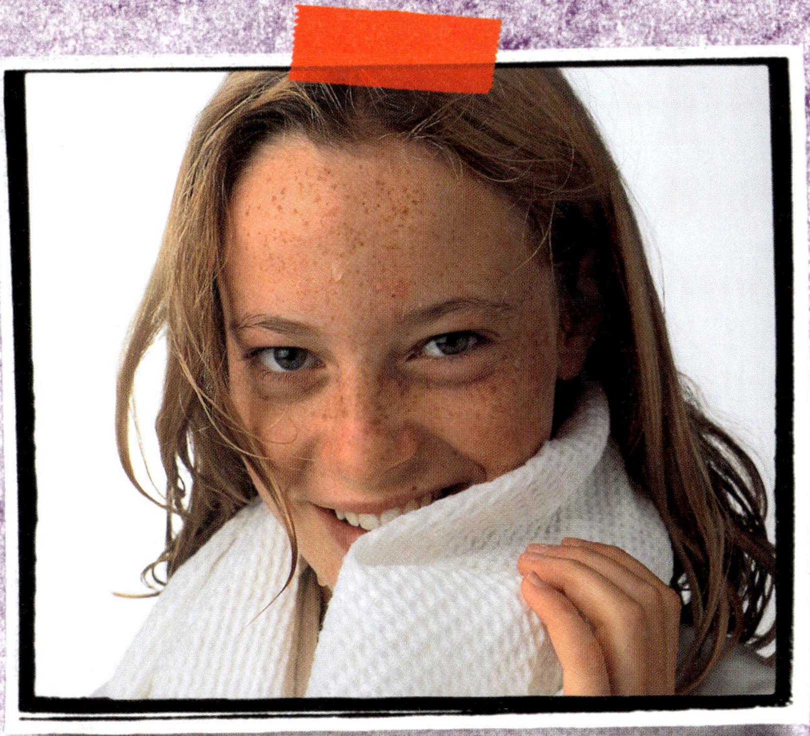

Mit der Hautpflege fängt alles an

Wusstest du, dass die Haut mit einer Oberfläche zwischen 1,5 und 2 Quadratmetern und mehr als 10 Kilogramm Gewicht das größte Organ des menschlichen Körpers ist? Sie schirmt unseren Körper gegen Hitze und Kälte, Schmutz, Gifte und Strahlung ab. Sie reguliert die Körpertemperatur. Sie fühlt Berührung, Druck und Schmerz. Und sie kommt zuerst mit all den Reinigungslotionen, Seifen, Cremes, Duftwässerchen und Make-ups, mit denen wir uns säubern, pflegen, schminken und stylen, in Berührung. Behandeln wir sie also gut!

WENN'S unter die HAUT geht

Damit du deine Haut optimal pflegen kannst, solltest du ein bisschen über ihren Aufbau Bescheid wissen. Denn wichtig ist nicht nur, was du obendrauf cremst! Die Haut, so sagt man, ist ein Spiegel der Seele. Stress, Unausgeglichenheit und gesundheitliche Probleme beeinflussen ihren Zustand. Deshalb gilt: Nur wenn dein Körper im Lot ist, hast du auch eine schöne Haut.

Hautreinigung von innen

Wenn der Darm aktiv arbeitet, bleibt auch die Haut rein. Ein Vitamin-C-Kick im Frühjahr und Herbst schwemmt Schadstoffe aus: Jeweils zehn Tage lang morgens den ausgepressten Saft einer Zitrone oder einer Grapefruit trinken. Achtung: nicht geeignet bei empfindlichem Magen!

Eine schlaffe, aufgequollene Haut?

Wenn die Haut schlapp macht, ist der Stoffwechsel gestört und die Leber kann den Körper nicht mehr perfekt entgiften. Das heißt, die Schadstoffe sammeln sich. Effektiv entlastend wirkt Edelkastanienhonig: 100 Gramm erwärmten Honig mit drei Esslöffeln Edelkastanienmehl mischen. Davon zwei Monate lang täglich einen Teelöffel vor dem Essen und einen zusätzlich nachmittags einnehmen.

Die 3 Schichten der Haut

Die sichtbare Oberfläche, die Epidermis, besteht aus einer Hornhaut aus toten oder absterbenden Zellen. Sie ist undurchlässig für Wasser und Giftstoffe und fungiert so als Schutzschild gegen äußere Einflüsse. Unter der Epidermis schließt sich die Lederhaut, die Dermis, an. In ihr befinden sich das Bindegewebe, die Blutgefäße, Schweiß- und Talgdrüsen, Muskelfasern sowie Nervenfaserenden, mit denen wir fühlen. Außerdem sind Kollagenfasern enthalten, die für Halt und Spannkraft der Haut sorgen. Im dicken Zellgewebe der Unterhaut, der Hypodermis, schützen Fettzellen das Lymph-, Blut- und Nervensystem und sorgen für den richtigen Ausgleich der Körpertemperatur.

HAUTTYPGERECHT pflegen

Pflegeprodukte für die Haut gibt es in Massen. Was du davon brauchst, hängt in erster Linie von deinem Hauttyp ab. Denn deine Haut ist einzigartig und deshalb solltest du sie auch ganz individuell pflegen. Wenn du unsicher bist, welchen Hauttyp du hast, dann mach einen Test.

Morgenreinigung
Nach dem Aufstehen reicht normalerweise lauwarmes Wasser. Wenn du in der Nacht stark geschwitzt hast, solltest du dich morgens nochmals mit einem Reinigungsprodukt und Wasser waschen. Wasser allein kann die Schweißablagerung nicht lösen.

Welchen Hauttyp habe ich?

Das Gesicht gründlich reinigen und danach nicht eincremen; eine halbe Stunde warten. Wie fühlt sich die Haut jetzt an?

Normale Haut:
Sie fühlt sich glatt und geschmeidig an, ohne Spannungsgefühl oder Rötung.

Trockene Haut:
Sie spannt und ist rau.

Mischhaut:
Hier bildet sich auf Nase und Stirn ein leichter Fettfilm.

Fettige Haut:
Ein leichter Fettfilm zeigt sich auf dem ganzen Gesicht.

Empfindliche Haut:
Dieser Hauttyp ist sehr trocken, schuppig und reagiert auf äußere Einflüsse extrem stark.

Basispflegeprogramm jeweils abgestimmt auf den Hauttyp:
1. Gründliche Hautreinigung
2. Wiederaufbau des Haut-Säure-Schutzmantels durch ein Gesichtswasser
3. Pflege mit der Basiscreme
Nach Bedarf: Peeling, Gesichtsmaske

▶ Wusstest du, dass sich der Hautzustand im Laufe der Zeit ändert? Die Haut ist immer äußeren und inneren Einflüssen ausgesetzt. Krankheiten, Medikamente, Alkohol und Nikotin strapazieren sie mit der Zeit deutlich.
Auch der Hormonhaushalt spielt eine große Rolle. Er veranlasst, dass die Haut im Laufe der Jahre immer trockener wird.

Die trockene Haut

Sie ist sehr feinporig und dünn, fühlt sich zwar glatt und straff an, neigt aber zu Rötungen und Flecken.
Sie ist matt und ohne Glanz. Sie spannt – gerade nach der Reinigung hat man das Gefühl, sie sei „eine Nummer zu klein".

Reinigung und Pflege

Dieser Hauttyp kann selbst nicht genug hauteigene Fette produzieren. Nötig ist also eine Behandlung mit fett- und feuchtigkeitshaltigen Produkten. Für die gründliche Reinigung verzichtest du am besten auf Seife und verwendest eine milde Reinigungscreme und Wasser. Schonende Reiniger und tolle Feuchtigkeitspender sind süße Sahne oder Buttermilch. Falls die Haut mal ganz extrem spannt, kannst du statt einer Nachtcreme eine panthenolhaltige Heilsalbe auftragen. Tagsüber empfiehlt es sich, mehrmals eine fetthaltige Feuchtigkeitscreme zu verwenden, die auch als Make-up-Unterlage bestens geeignet ist. Einmal in der Woche kannst du die Haut mit einer Feuchtigkeitsmaske verwöhnen.

▶ Empfehlenswerte Pflege- und Kosmetikprodukte sind in Kapitel 3 und Kapitel 6 detailliert beschrieben.

Schminke

Als Grundierung empfiehlt sich eine getönte Tagescreme oder ein Creme-Make-up. Creme-Rouge ist gut für trockene Haut. Es wird nach der Grundierung aufgetragen. Das Gesicht am besten nur wenig oder gar nicht abpudern.
Bei zu viel Mattierung wirkt die Haut sonst stumpf.

Die Mischhaut

Die Mischhaut zeichnet sich durch eine normale Wangenpartie aus, während Stirn, Nase und Kinn Merkmale der fettigen Haut aufweisen. Diese so genannte T-Zone glänzt ölig und neigt zu Unreinheiten.

Drücke ein feines Kosmetiktuch auf dein Gesicht und halte es gegen das Licht. So kannst du genau erkennen, wo die Haut Fett produziert.

Reinigung und Pflege

Am besten ist es, das Gesicht entweder mit einer sehr fetthaltigen Seife zu waschen oder eine milde Reinigungsmilch zu verwenden. Frisch gebrühter, abgekühlter Kamillentee ist ideal für die Reinigung der Mischhaut. Er behandelt die trockenen Hautstellen sehr schonend, wirkt aber gleichzeitig entzündungshemmend auf Unreinheiten. Zur Nachbehandlung empfehlen sich zwei unterschiedliche Hautlotionen: eine leicht adstringierende für die fettigen, unreinen Stellen und eine milde für die trockenen. Ganz toll fürs gesamte Gesicht ist Hamameliswasser.

Schminke

Flüssig-Make-up ist ideal als Grundierung. Es ist meistens fettfrei und wirkt mattierend. Trag es gleichmäßig übers gesamte Gesicht auf. Den fettigen, öligen Hautstellen kannst du mit Kompakt- oder losem Puder den Glanz nehmen. Damit kannst du die fettigen Hautpartien immer wieder nachmattieren. Gib ihn einfach über die Grundierung. Puder- oder Creme-Rouge zaubert tolle Frische.

Die normale Haut

Dieser Hauttyp ist ideal: vollkommen gesund, straff, glatt, geschmeidig, rosig oder bräunlich und gut durchblutet. Normale Haut zeigt weder trockene noch fettige Tendenzen, weder Mitesser noch erweiterte Poren. Sie glänzt, ohne fettig zu wirken. Die Talg- und Fettproduktion ist ausgeglichen und erhält so den pflegenden Schutzmantel aufrecht.

Reinigung und Pflege

Wenn du dein Gesicht mit Wasser und Seife reinigst, verwende eine fetthaltige oder überfette Seife, die weder stark gefärbt noch parfümiert ist. Denn auch gesunde Haut ist vor Reizungen durch Duft- oder Farbstoffe nicht geschützt. Weiße, unparfümierte Babyseifen sind ideal. Um Make-up-Reste und starke Verschmutzungen zu entfernen, ist eine Reinigungscreme oder milde Reinigungsmilch am besten.
Die Milch anschließend mit Wasser abspülen, die Creme zuerst mit einem Kosmetiktuch abnehmen, mit Wasser nachspülen. In beiden Fällen mit Gesichtswasser nachreinigen.

Schminke

Erlaubt sind alle Produkte für die normale Haut. Unters Make-up am besten immer eine feuchtigkeitshaltige Creme geben, die auch als Schmink-Unterlage geeignet ist. Dann hast du die Qual der Wahl unter den Make-up- und Rouge-Sorten.

Die fettige Haut

Was die trockene Haut zu wenig an Talg hat, produziert die fettige im Übermaß. Sie ist meist schlecht durchblutet, dickhäutig, grobporig, ölig glänzend, hat Mitesser, Pickel und ist aknegefährdet.

Reinigung und Pflege

Die fettige Haut braucht viel Pflege, um die Hautunreinheiten weitgehend einzudämmen. Fettige Haut morgens und abends mit Wasser und Seife oder einer speziellen Waschcreme reinigen. Reinigungsmilch entfernt gröbere Make-up-Reste und Verschmutzungen. Anschließend die besonders fettigen Stellen mit alkoholhaltigem Gesichtswasser abtupfen. Entzündete Stellen mit Hamameliswasser behandeln.

„Stellenweise hat mein Gesicht ziemlich große Poren. Ich finde das total ätzend. Gibt es nicht irgendein Mittel dagegen?"

VALERIE AUS STETTIN

» Große Poren entstehen durch erhöhte Talgproduktion. Ganz wichtig ist eine regelmäßige Gesichtsreinigung morgens und abends. Anschließend trägst du immer ein Gesichtswasser auf (mit Hamamelis oder Menthol). Dadurch ziehen sich die Poren zusammen. Zusätzlich solltest du ein- bis zweimal in der Woche ein Peeling machen, am besten vor dem Schlafengehen. «

▶ Gegen unerwünschten Fettglanz kannst du zwischendurch immer mal ein Kosmetiktuch aufs Gesicht legen, andrücken und das Fett wie mit einem Löschblatt aufsaugen.

Schminke

Ideale Make-up-Unterlage bei fettiger Problemhaut ist ein ölfreies Fluid, das den Talgüberschuss entfernt und beruhigend wirkt. Ganz wichtig ist es, zwischen dem Auftragen der Make-up-Unterlage und dem Auflegen des Make-ups 15 Minuten verstreichen zu lassen. Puder-Make-ups mit antiseptischer Wirkung sind zu empfehlen. Puder-Rouge ist besonders für die fettige Haut geeignet; anschließend mit losem Gesichtspuder mattieren.

Die empfindliche Haut

Die empfindliche Haut ist oft blass mit durchscheinenden Äderchen, hat immer wieder nervöse, trockene Flecken, neigt zu Schüppchen und reagiert heftig auf Kosmetika und Wettereinflüsse. Sie muss sehr sorgsam behandelt werden. Keinesfalls sollte mit immer neuen Pflege- und Kosmetikprodukten herumexperimentiert werden.

Reinigung und Pflege

Empfindliche Haut braucht eine hypoallergene Pflegeserie. Sie darf weder Duft- oder Farbstoffe noch Alkohol enthalten. Man sollte die Produkte vor dem Kauf anhand von Proben auf ihre Verträglichkeit testen. Empfehlenswert sind auch selbst gemachte Kosmetika. (siehe Kapitel 3)

Schminke

Auch hier ist es ratsam, zu allergiegetesteten Produkten zu greifen. Übrigens: Rote Flecken kann man gut mit einem hautfarbenen oder grünen Abdeckstift kaschieren.

„Ich habe sehr empfindliche Haut. Nun habe ich gehört, dass Honig sehr gut sein soll. Kann ich mir eine Honigmaske selbst machen?"

ANITA K. AUS KÖNIGSDORF

» Honig wird als echter Geheimtipp gehandelt! Er macht den Teint zart und geschmeidig. Zwei Esslöffel Magerquark, ein Esslöffel Honig und ein Eigelb miteinander vermischen. Verteile den Brei mit den Fingern oder einem Backpinsel auf Gesicht (Augen aussparen), Hals und Dekolletee und lass ihn etwa 20 Minuten einwirken. Dann nimmst du die Maske vorsichtig mit Kosmetiktüchern ab und entfernst die Reste mit lauwarmem Wasser. «

Hautberuhigende Kompresse

Zwei Teelöffel Süßholzwurzeln mit einem halben Liter heißem Wasser fünf Minuten sieden, dann auskühlen lassen. Ein Mulltuch damit befeuchten und aufs Gesicht legen.

Wenn die PICKEL SPRIESSEN

Erst war es nur einer – über Nacht hat sich ein zweiter dazugemogelt und plötzlich sprießen die Pickel wie verrückt …

Es ist völlig normal, dass die Talgdrüsen Talg und Fett absondern, um die Haut geschmeidig zu erhalten. Aber gerade in der Pubertät spielen die Drüsen durch die Hormonschwankungen verrückt – sie werden hyperaktiv. Sie öffnen sich und eine ölige Schicht legt sich auf die Haut. Die Talgdrüsen darunter vergrößern sich und Bakterien vermehren sich – ein Mitesser entsteht. Wenn er offen ist, kommt es selten zu einer Entzündung. Der geschlossene Mitesser ist das Problem: In der kleinen, weißlichen, kugelförmigen Erhöhung unter der Hautoberfläche finden Bakterien reichlich Nahrung und können sich zu einem entzündlichen Pickel entwickeln. Auf der Brust, am Rücken und im Gesicht, innerhalb der T-Zone, sitzen besonders viele Talgdrüsen, darum sprießen die Pickel meistens an diesen Stellen.

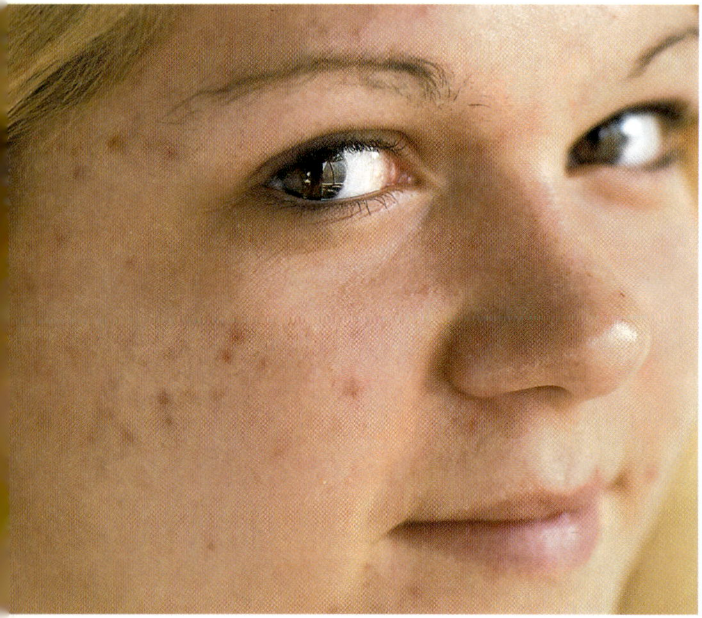

Der Arzt gibt letzte Sicherheit
Wenn du gegen deine Pickel gar nichts mehr ausrichten kannst, suche einen Hautarzt auf. Er kann ein Pflegeprogramm ganz individuell auf deinen Hauttyp abstimmen.

Hormone und Gene

Bei den meisten Mädchen blühen die Pickel in der zweiten Hälfte des Monatszyklus besonders stark, da die Hormone während dieser Zeit die Talgproduktion zusätzlich anregen. Außerdem ist es eine Frage der Gene, ob man zu Pickeln neigt, denn die Veranlagung dazu erbt man von seinen Eltern.

Was tun?

→ Sauberkeit ist oberstes Gebot. Fummel niemals mit Schmutzfingern im Gesicht herum. Wechsle zweimal in der Woche dein Handtuch.
Eine sorgfältige, auf den Hauttyp abgestimmte Hautreinigung ist wichtig.

→ Nach jeder Reinigung solltest du dein Gesicht mit Gesichtswasser abtupfen. Dadurch wird der natürliche Hautschutzmantel stabilisiert.

→ Für die Pickel an Dekolletee und Rücken kannst du spezielle Duschgels verwenden. Anschließend tupfst du die irritierten Stellen mit einem klärenden Gesichtswasser ab und cremst sie mit einer leichten Bodylotion ein.

→ Ein- bis zweimal die Woche kannst du dein Gesicht mit einem Peeling zusätzlich klären.

→ Hartnäckige Pickel lassen sich mit einem Abdeckstift kaschieren.

Kamillendampfbad
Drei Teelöffel lose Kamillenblüten in eine Schüssel mit heißem Wasser geben, Kopf darüber beugen, mit einem Handtuch abschirmen. Nach etwa zehn Minuten haben sich die Poren durch die Wärme geöffnet; die Kamille wirkt nun entzündungshemmend. Jetzt beide Zeigefinger mit einem Papiertaschentuch umwickeln, die Haut neben dem Pickel auseinander ziehen – er muss von allein „aufgehen". Wenn nicht, ist er noch unreif. Auch wenn es noch so schwer fällt, lass dann die Finger vom Quetschen!

Pickel ausdrücken

Pickel quetschen bedeutet für die Haut Stress pur. Wenn sich die Bakterien ausbreiten, kann der Pickel noch größer werden – also Vorsicht! Eine Kosmetikerin kann natürlich am besten zeigen, welche Pickel man selber ausdrücken darf. Auf jeden Fall nur an die „reifen" gehen. Finger weg von roten, erhöhten Stellen ohne gelben Punkt! Sie verschlimmern sich durchs Quetschen nur und später können sich Narben bilden. Vor dem Ausquetschen ist ein Dampfbad hilfreich.

Besonders pflegebedürftig: die AUGENPARTIE

Rund um die Augen fehlt das aufpolsternde, stützende Unterhautgewebe. Außerdem haben die Lider keine Talgdrüsen und sind extrem dünn. Aus diesem Grund braucht die Augenpartie bei jedem Hauttyp eine riesige Portion Extrapflege, damit erst gar keine Augenringe, angeschwollenen Lider oder Tränensäcke entstehen. Diese Pflege zahlt sich auch in späteren Jahren aus.

Erst mal abschminken

Vor der Hautreinigung musst du immer das Augen-Make-up gründlich entfernen. Mit speziellen Mitteln werden Wimperntusche und Lidschatten sanft entfernt. Wattepad immer erst mit warmem Wasser anfeuchten, Flüssigkeit aufträufeln, leicht auf die Wimpern drücken und ein paar Sekunden wirken lassen; keinesfalls hin- und herreiben. Praktisch sind Remover-Pads, die schon mit Entferner getränkt sind. Notlösungen sind Reinigungscremes oder auch Babyöl. Danach spülst du mit viel klarem Wasser nach.

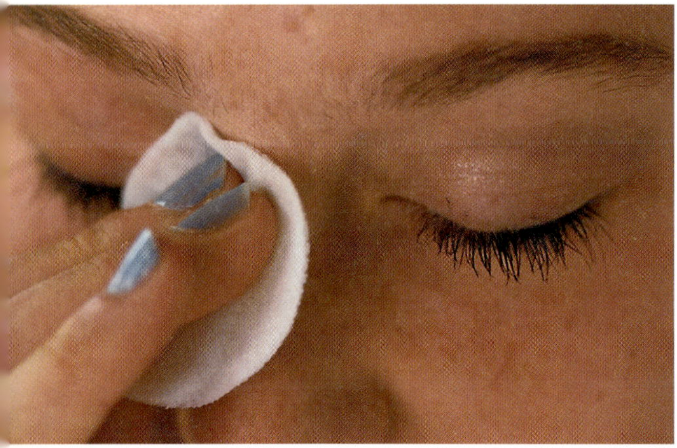

Wenn du dich vor dem Date abschminkst, um dich neu zu stylen, sollte die Augenpartie besonders gründlich von den Resten des Augen-Make-up-Entferners gereinigt werden. Auf öligen Lidern schwimmen dir die Farben davon.

Pflegen und vorbeugen

Selbst wenn die Haut um die Augen noch glatt und straff aussieht, braucht sie tägliche Pflege. Dabei kommt es vor allem auf regelmäßiges Cremen an. Es gibt sehr leichte Augencremes, die schnell in die Haut einziehen, das Auge nicht reizen und für jeden Hauttyp geeignet sind. Bei Make-up musst du die Creme vorher auftragen. Hast du extrem trockene Haut und verwendest kein Make-up, kannst du die Creme mehrmals täglich auftragen. Ganz wichtig ist, dass du vor dem Schlafengehen das Augen-Make-up gründlich mit entsprechenden

Eine Wohltat: Augenkompressen
Bei geröteten, überanstrengten Augen, geschwollenen Lidern oder Neigung zu Tränensäcken helfen Augenkompressen auf die ungeschminkten Augen:
Zwei Wattebällchen, getränkt in verdünntem Kamillenextrakt, Augenwasser oder kühlem, schwarzen Tee sind schnelle Helfer. Leg die Kompressen etwa zehn Minuten auf die geschlossenen Lider und entspanne dich. Danach cremst du die Augenpartie sanft mit Augencreme ein.

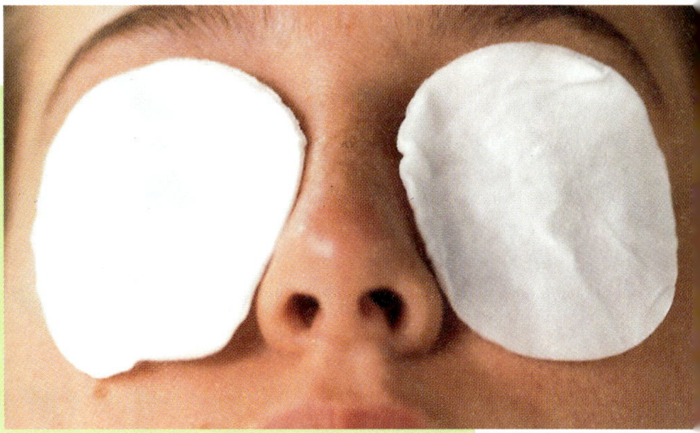

Produkten entfernst. Nur so kann sich die zarte Augenpartie über Nacht gut regenerieren.

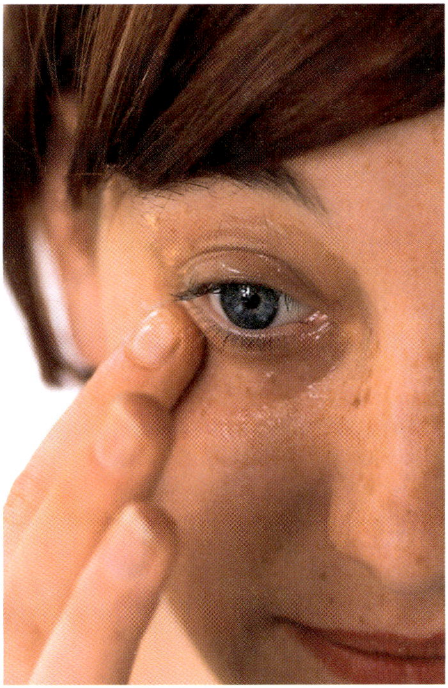

Richtig cremen

Gecremt wird morgens und abends, immer in einer Richtung rund um die Augen: vom inneren zum äußeren Augenwinkel, unter dem Auge entlang und wieder zurück zur Nase. Dabei streichst du zart mit der Fingerkuppe um die Augenpartie, ohne zu ziehen und zu zerren!

Augencremes haben unterschiedliche Wirkungen: Manche glätten optisch, da sie die feinen Fältchen der Haut ausfüllen, wieder andere wirken schützend, denn sie liegen wie ein dünner Film auf der Haut und dann gibt es welche, die spezielle, regenerierende Wirkstoffe enthalten. Beim Kauf solltest du auf jeden Fall darauf achten, was die Creme enthält und welche Wirkung du von ihr erwartest.

DUSCH dich FIT

Hautpflege beschränkt sich nicht nur aufs Gesicht. Auch der Körper braucht über die Reinigung hinaus spezielle Pflege. Denn genauso wie der Body durch regelmäßige Gymnastik fitter wird, kann man auch die Haut des Körpers durch richtige Pflege top in Form bringen.

„Ich bekomme immer wieder kleine Pickelchen am Halsanfang und am Dekolletee. Was kann ich dagegen tun?"

ANNA P. AUS KÄRNTEN

» Versuch es mal mit einem alten Hausrezept: Zwei Tassen Meersalz, eine Tasse Olivenöl und eine knappe halbe Tasse warmes Wasser vermischen. Die Mischung auftragen und einmassieren. Nach ein paar Minuten warm abduschen. «

Richtig duschen:

1. Warm duschen und waschen mit einem Reinigungsprodukt.
2. Abwechselnd warm und kalt duschen. Das fördert die Durchblutung und härtet ab. Immer kalt beenden.
3. Abtrocknen und Körpermassage mit speziellen Cremes und Ölen.

Duschen mit Brombeeren

Das regt den Stoffwechsel der Haut an. Mit zusätzlichen Heiß-Kalt-Wechselduschen bringst du den Kreislauf in Schwung.

Das brauchst du:
1 1/2 Hand voll Brombeerblätter
0,5 l Wasser
2 EL geriebene Olivenöl-Seife

So wird´s gemacht:
Brombeerblätter mit Wasser in einen Topf geben, zehn Minuten köcheln. Von der Herdplatte stellen, zwei Stunden ziehen lassen. Dann abseihen, dabei die Flüssigkeit auffangen und erhitzen.
Seife dazugeben und so lange umrühren, bis sie geschmolzen ist. Masse in eine Dose abfüllen. Vor dem ersten Gebrauch drei Tage im Kühlschrank stehen lassen.
Täglich zum Duschen verwenden.

Kalt erwischt
Sich mal `ne richtige Abreibung verpassen – mit Eiswürfeln! Das strafft das Gewebe und stärkt das Immunsystem. Keine Sorge, die Zähne klappern nur anfangs.
Eiswürfel in einen Rubbelhandschuh füllen, leicht antauen lassen, den Body von unten nach oben abreiben. Nicht abtrocknen und sofort danach zum Aufwärmen ins Bett legen. Der Durchblutungseffekt ist auch gut gegen Zellulitis.

Algencreme

Super für Po und Oberschenkel! Die Inhaltsstoffe der Algen – Mineralsalze, Hormone, Vitamine und Aminosäuren – wirken straffend auf die Haut.

Das brauchst du:
20 g Agar-Agar (Algenpulver)
40 g Efeublätter
20 g Ginster
20 g Schachtelhalm
1/4 l destilliertes Wasser
30 g Gelatine-Pulver

So wird´s gemacht:
Efeublätter, Ginster, Algenpulver und Schachtelhalm 30 Minuten in einem Topf einweichen, anschließend kochen. Abseihen und die Flüssigkeit auffangen. Einen kleinen Teil davon mit der Gelatine verrühren. Mit der restlichen Flüssigkeit mischen und abfüllen. Jeden Tag nach dem Duschen Oberschenkel und Po damit eincremen.

Aloe-Vera

Toll für Dekolletee und Oberarme. Die Stoffe der Wüstenpflanze Aloe-vera wirken beruhigend, Feuchtigkeit spendend und wundheilend.
Die Haut wird glatter.

Das brauchst du:
30 g Aloe-vera-Pulver
50 ml Rosenwasser
40 ml Avocadoöl
20 ml Karottenöl
100 g Basiscreme (halbfett)
(siehe Seite 35)

So wird´s gemacht:
Aloe-vera-Pulver klümpchenfrei im Rosenwasser auflösen. Die Mixtur im Wasserbad leicht erwärmen. Karotten- und Avocadoöl dazugeben. Dann mit der Basiscreme vermengen. Abends nach der Hautreinigung dick auftragen und mit den Fingern einklopfen.

BADEN – ein sinnliches VERGNÜGEN

Ab und zu ein gemütliches Bad – das ist Balsam für die Seele. Allerdings: Wasser laugt die Haut aus. Deshalb sind Badezusätze und die richtigen Pflegeprodukte kein Luxus, sondern ein Muss.

Schaumberge und Milchbäder

Wer einen Badezusatz nimmt, braucht keine Seife, außer er ist kohlrabenschwarz. Die meisten Badezusätze enthalten neben rückfettenden und pflegenden Wirkstoffen auch waschaktive Substanzen.

Heilbäder und Muntermacher

Mit diesen Bädern kann man viel für Körper und Wohlbefinden tun. Die wichtigsten Wirkstoffe:

Eichenrinde und Kamillenblüten wirken entzündungshemmend und sind hervorragend bei Ekzemen.
Moorbäder tun gut bei Unterleibsschmerzen.
Eukalyptus und Thymian stoppen aufkommende Erkältungen.
Wacholder lindert Muskelkater.
Heublumen wirken Bronchitis und Husten entgegen.
Lavendelblüten aktivieren die Durchblutung; toll für schlaffe Haut.
Kleie und Schwefel sind super gegen Hautunreinheiten.

Aufgepasst bei **Badesalz**: Es parfümiert nur das Wasser. **Öl- und Cremebäder** dagegen pflegen maximal. Unter den weißen Bläschenbergen der **Schaumbäder** löst sich der Schmutz, ohne dass man viel nachhelfen muss. Sie lösen aber auch den Fett- und Feuchtigkeitsgehalt der Haut. Das heißt, nach einem solchen Bad auf jeden Fall eincremen – auch bei fettiger Haut. **Milchbäder** besitzen pflegende Substanzen und sind mild.

Wichtig: Wer täglich badet, sollte eine Badezeit von fünf Minuten nicht überschreiten.

Sanfte Pflege für EROTISCHE BRÜSTE

Für die meisten Jungs und Männer zählen sie wohl zum aufregendsten weiblichen Körperteil – und frau setzt damit gezielt erotische Signale. Nichts leichter als das, solange der Busen schön rund, prall und straff ist. Im Laufe der Jahre lässt die Spannkraft des Gewebes allerdings nach. Mit gezielter, regelmäßiger Pflege kannst du aber etwas dagegen tun und dir dein persönliches, kleines „Busenwunder" schaffen. Wichtig ist auch regelmäßige Gymnastik (siehe auch Seite 152).

Hopfen für den Busen

Das Östrogen im Hopfen fördert die Zellteilung und die Haut bekommt mehr Energie. Hopfen gibt Feuchtigkeit und wirkt entzündungshemmend.

Das brauchst du:
30 g Hopfendolden
200 ml destilliertes Wasser
30 ml 50%igen Alkohol
40 ml Rosenwasser

So wird´s gemacht:
Hopfendolden in destilliertem Wasser 10–15 Minuten kochen. Durch ein Sieb gießen, Flüssigkeit auffangen. Mit Rosenwasser und Alkohol mischen. In ein Fläschchen füllen und kühl lagern. Die Tinktur täglich nach dem Duschen mit einer Pipette auf die Brust träufeln, mit leichten Bewegungen einmassieren. Anschließend eine Pflegecreme auftragen.

„Gibt's eigentlich eine Creme, die den Busen strafft?"

SILVIA AUS MANNHEIM

» Spezielle Wundermittel gibt es leider keine. Wichtig ist regelmäßiges Cremen, aber auch Gymnastik und Massage. Tägliche Wechselduschen (kalt/warm), kreisförmige Massagen mit spezieller Bürste (Brustwarzen dabei immer aussparen), Sportarten wie regelmäßiges Schwimmen und Hantel-Training halten den Busen in Form. «

Sanft pflegen

Am wichtigsten ist das tägliche Eincremen. Außerdem kannst du deine Brust und das Dekolletee einmal in der Woche mit einer Maske verwöhnen.

So geht's: Eine halbe Avocado mit einer Gabel zerdrücken, mit einem Teelöffel Honig, einem Teelöffel Sahne und 50 Gramm Weizenkeimöl vermischen. Auftragen und 20 Minuten wirken lassen.

Ein BH wirkt Wunder

Damit dein Busen lange straff bleibt, solltest du ihn nicht nur richtig pflegen und mit sanfter Gymnastik in Form halten, sondern auch einen BH tragen. Denn allzu leicht kommt es sonst zu einer Überdehnung des Bindegewebes – die Folge ist ein Hängebusen. Das gilt insbesondere für größere Brüste. Und sind die Fasern und der Hautmantel des Brustgewebes erst mal überdehnt, gibt es kein Zurück mehr: Der Busen bleibt schlaff. Es lohnt sich, in gute, perfekt sitzende BHs zu investieren.

Todsünden für den Busen

1. Zu viel Sonne leiert die Haut aus.
Optimal: Für Busen und Dekolletee den gleichen Sonnenschutz verwenden wie fürs Gesicht.

2. Täglich heiße Bäder schwächen das Bindegewebe.
Optimal: Mit Wechselduschen straffen; dazu morgens dreimal kalt und dreimal warm abduschen, jede Brust dreimal umkreisen.

3. Große Gewichtsschwankungen sind verantwortlich für Hängebusen und Dehnungsstreifen.
Optimal: langsames Abnehmen.

4. Zu wenig Pflege
Die Brust nur ab und zu eincremen – das bringt nichts.
Optimal: Morgens immer Bodylotion auftragen.

5. Zu enge BHs schnüren das empfindliche Bindegewebe ab.
Optimal: Öfter Sportbustier oder Bodys satt Bügel-BHs tragen.

6. Rauchen
Das Nikotin verengt die Gefäße.

Übrigens:
Wenn du genau wissen willst, welcher Cup für dich der richtige ist, gibt's folgenden Trick: Oberbrustweite minus Unterbrustweite. Die Differenz ergibt die Cup-Größe. Siehe Tabelle:

Differenz	Cup-Größe
15-17 cm	B-Cup
17-19 cm	C-Cup
19-21 cm	D-Cup
21-23 cm	E-Cup
23-25 cm	F-Cup

Kosmetik – gekauft und selbst gemacht

Dir geht´s bestimmt auch so: Da steht man erst mal völlig irritiert vor dem riesigen Angebot der zahllosen Kosmetikartikel in Drogerien, Apotheken und Parfümerien. Man hat die Qual der Wahl. Für welche Kosmetiklinie und -pflege soll man sich entscheiden, auf welche Produkte zurückgreifen? Oder suchst du nach einer preiswerten und „sanften" Alternative? Dann mach dir deine Pflegeprodukte selbst! Aus natürlichen Zutaten – das geht einfach und schnell. Denn für jeden Hauttyp bietet die Natur den optimalen Wirkstoff – garantiert ohne Nebenwirkungen.

Im DSCHUNGEL der Produkte

Die Auswahl ist riesig! Da sind zum einen namhafte Beauty-Marken mit wunderbar duftenden Cremes in kostbaren Töpfchen und Tiegeln. Ein traumhaft vielfältiges, teilweise aber auch sehr hochpreisiges Angebot an Fertigkosmetika. Daneben gibt es Pflegeserien zu passablen Preisen, die genauso empfehlenswert sein können. Am besten probierst du anhand von Proben aus, welche Produkte dir zusagen. Wichtig ist, dass du Produkte kaufst, die deinem Hauttyp entsprechen. Beschränke dich zunächst auf ein Basispflegeprogramm mit Seife, Syndet oder Reinigungsmilch, Gesichtswasser und Creme. Extras kannst du nach Bedarf erwerben oder auch selbst herstellen.

Alles ist deklariert

Damit man genau weiß, mit was man seine Haut pflegt und schminkt, müssen bei jedem Kosmetikprodukt alle Inhaltsstoffe auf der Verpackung angegeben werden.
Das ist gut so. Denn immer mehr Menschen reagieren auf irgendwelche Stoffe mit allergischen Reaktionen wie Juckreiz, Rötung oder Ausschlag. In diesem Fall kann man beim Hautarzt testen lassen, auf welche Stoffe man reagiert und dann bei jedem Produkt im Verzeichnis der Inhaltsstoffe nachlesen, ob die allergenisierende Substanz enthalten ist. Eine Liste mit Funktionen aller Stoffe in Kosmetikartikeln kannst du beim Industrieverband Körperpflege anfordern (Adresse im Anhang).

Allergiker – was tun?

Kosmetika haben also auch Schattenseiten. Wenn der Test beim Hautarzt ergibt, dass man nur gegen wenige Substanzen allergisch reagiert, kann man auf Produkte umsteigen, die diese Stoffe nicht enthalten. Doch was tun, wenn man eine extrem empfindliche Haut hat, die auf alles zu reagieren scheint? Zunächst einmal kann man es mit speziellen hypoallergenen Pflegelinien versuchen oder man steigt auf selbst gemachte Kosmetik um.

Do-it-yourself-KOSMETIK

Praktisch alle Kosmetika kannst du auch selbst machen – mit einfachen, natürlichen Zutaten. Die Natur bietet alles, was du dazu brauchst – ganz ohne Chemielabor. Obst, Gemüse, Kräuter und viele andere Naturprodukte können optimal zur Schönheitspflege eingesetzt werden. Es ist keineswegs Zauberei, mit natürlichen, relativ preiswerten Produkten tolle Ergebnisse zu erzielen.

Unbedingt beachten:

→ Verwende immer nur frische, saubere Produkte.

→ Wasche dir vor der Zubereitung deiner Kosmetikprodukte gründlich die Hände und verwende nur sauberes Geschirr.

→ Selbst gemachte Cremes usw. musst du kühl aufbewahren.

→ Generell gilt, dass selbst gemachte Kosmetika, die keine Konservierungsstoffe enthalten, keinesfalls die Haltbarkeit und Stabilität der Fertigprodukte haben. Cremes solltest du innerhalb von acht Tagen aufbrauchen. Masken und Peelings sind in der Regel zur sofortigen Verwendung gedacht. Gesichtswasser, die Alkohol oder Essig enthalten, sind länger haltbar.

CREMES,
selbst gemixt

Die individuelle Creme? Kein Problem. Am einfachsten ist es, wenn du deine Lieblingscreme als „Basis" verwendest und mit entsprechenden Produkten mischst. Besser wäre natürlich eine Basiscreme – je nach Hautbeschaffenheit – aus „Wasser-in-Öl"- oder „Öl-in-Wasser"-Emulsionen. Entsprechend deinem Hauttyp kannst du dir diese beiden Komponenten vom Apotheker zusammenmischen lassen. Herkömmliche Babycreme ist als Basis auch geeignet.

Fahle, kraftlose Haut

Bananen päppeln kraftlose Haut auf. Eine halbe Banane zu einem feinen Brei zerdrücken, mit Basiscreme und einigen Tropfen kalt gepresstem Pflanzenöl mischen.

Trockene Haut

Eigelb nährt trockene Haut. Ein Eigelb mit einigen Tropfen Zitronensaft mischen und langsam einen Teelöffel Basiscreme unterrühren.

Trockene, beanspruchte Haut

Honig besänftigt trockene, beanspruchte Haut. Einen Teelöffel naturreinen Bienenhonig in ein Gefäß geben und im Wasserbad erwärmen. Einen Teelöffel Basiscreme zugeben.

Fettige, unreine Haut

Gurkencreme klärt fettige, unreine Haut. Eine halbe Gurke mixen und dem Saft einige Tropfen Apfelessig sowie einen Teelöffel Basiscreme beifügen. Die Wirkung ist klärend, straffend und reinigend.

Feuchtigkeitsspender

Bierhefe ist ein super Feuchtigkeitsspender. Unter einen Esslöffel Bierhefe einen Teelöffel Basiscreme rühren. Mit ein paar Tropfen Avocadoöl verfeinern.

▶ Zur fertigen Creme können noch ein paar Tropfen Obst- oder Gemüsesaft beigemengt werden. Säfte sind tolle Vitamin- und Nährstoffspender und wahre Muntermacher für jede Haut.

Große Poren und Unreinheiten

Jogurt glättet große Poren und Unreinheiten. Basiscreme und naturreinen Jogurt zu gleichen Teilen vermischen.
Die Creme stärkt zusätzlich den Säureschutzmantel der Haut.

Masken – schnelle Schönmacher

Wenn die Haut SOS funkt, bringen die Masken schnell und gezielt Hilfe. Sie entspannen die Haut, erfrischen und reinigen porentief, sofort und gleich! Ein Luxus, den man sich gelegentlich gönnt.

Wie wirken sie?

Masken dichten die Haut nach außen kurzfristig ab. Das wirkt verstärkend auf die Blutzirkulation, reichert die oberen Hautschichten mit Feuchtigkeit an und begünstigt das Eindringen von Wirkstoffen.

Masken für jeden Hauttyp

Für jeden Hauttyp bietet die Kosmetikindustrie eine Vielzahl von Masken an. Doch du kannst sie auch selbst machen.

Wichtig:
Vor dem Auflegen der Masken die Haut gründlich reinigen.
Hals und Dekolletee nicht vergessen.
Empfindliche Augenpartien und Mund aussparen.

Coole Maske

Der Frische-Kick für müde, abgespannte Haut. Die Inhaltsstoffe reichen von Feuchtigkeitsspendern über belebende Kräuterextrakte und Fruchtsäuren bis hin zu glättenden Substanzen.
Anwendung: Immer wenn die Haut einen Frische-Kick vertragen kann. Reichlich auf die vorher gereinigte Haut auftragen, fünf bis zehn Minuten wirken lassen und mit warmem Wasser abspülen. Danach eine Tagescreme verwenden.

Energie-Power mit Gurken und Quark:
Salatgurken enthalten einen hohen Feuchtigkeitsanteil sowie hautfreundliche Vitamine und Enzyme. Quark hat hautglättende Eigenschaften.

So wird´s gemacht:
Ein Stück Salatgurke (mit Schale) mit einer Reibe zerkleinern, abseihen. Zwei Esslöffel Gurkenbrei mit einem Esslöffel Speisequark vermengen. Aufs Gesicht auftragen, nach 15 Minuten mit lauwarmem Wasser abspülen.

Creme-Masken

Schmeichelnde Creme-Masken für trockene, empfindliche Haut enthalten spezielle Fettstoffe und Pflanzenöle sowie Vitamine. Sie machen die Haut geschmeidiger und besänftigen sie.
Anwendung: Am besten abends nach einem stressigen Tag. Auf das gereinigte Gesicht und den Hals großzügig auftragen, fünf bis zehn Minuten einwirken lassen, mit einem Kosmetiktuch abnehmen. Der Rest kann als Pflege auf der Haut verbleiben, so sparst du dir eine zusätzliche Creme.

Sahne-Himbeer-Mix: Himbeeren und Sahne sind optimale, sanfte Feuchtigkeitsspender.

So wird´s gemacht:
Etwa eine Hand voll frische Himbeeren mit einer Gabel zerdrücken, mit einem Teelöffel Honig und zwei Esslöffeln geschlagener, süßer Sahne vermengen. Aufs Gesicht auftragen, nach ca. 15 Minuten lauwarm abspülen.

Porenputzer für normale bis fettige Haut

Heilerden und Schlamm bilden die Grundlage der meisten Reinigungsmasken. Sie lösen abgestorbene Hornschüppchen, entfernen überschüssigen Talg und wirken Poren verfeinernd. Effektverstärker sind Fruchtsäuren und Enzyme.
Anwendung: Zwei- bis dreimal in der Woche großzügig auf die gereinigte Haut auftragen (Augenpartie aussparen). Je nach Gebrauchsanweisung 5-20 Minuten einwirken lassen, mit lauwarmem Wasser abwaschen.

Porentief mit Heilerde und Tee:
Drei Esslöffel Heilerde mit etwas abgekühltem Kamillentee verrühren, als Maske auftragen. Während des Antrocknens hinlegen. Nach 10-15 Minuten die Maske mit einem Schwamm aufweichen, mit klarem Wasser nachspülen. Schwamm zum Reinigen in die Waschmaschine stecken.

Sommerpflege extra – fruchtig und frisch

Im Sommer sind fruchtige, leichte Masken angesagt, die nicht schwer auf der Haut liegen. Sie sollen beruhigen, kühlen und der Haut Feuchtigkeit geben. Ideal sind deshalb alle feuchtigkeitshaltigen Früchte- und Gemüsesorten, die man sich entweder scheibchenweise aufs Gesicht legt oder im Mixer püriert und wie z.B. Gurke mit Speisequark vermengt.

PEELINGS,
die Saubermänner

Während Cremes & Co. einmassiert werden, rubbeln die Körnchen der Peelingprodukte die abgestorbenen Hautschüppchen wie kleine Schleifpartikel weg. Die Haut wird zart und gut durchblutet. Peelings werden auf die gereinigte Haut aufgetragen.

„Wann und wie oft wendet man ein Gesichtspeeling an?"
ANGELA AUS STUTTGART

» Abends ist die beste Zeit dafür, weil die Haut über Nacht regenerieren kann. Ein Peeling darfst du aber nur ein- bis zweimal die Woche machen, sonst produziert die Haut noch mehr Talg. «

Peelen mit Hefe

In den Handinnenflächen etwas Bierhefe mit warmem Wasser zu einem Brei vermischen und mit kreisenden Bewegungen aufs Gesicht auftragen. Ein paar Minuten einmassieren (Augen und Mund aussparen). So werden alte, abgestorbene Hautzellen weggerubbelt.

Peelen mit Weizenkleie

Zwei Esslöffel Weizenkleie mit 1/8 Liter Wasser zu einem Brei rühren, auf dem Gesicht verteilen und mit kleinen, kreisenden Bewegungen einmassieren. Das Gesicht nach etwa fünf Minuten mit reichlich warmem Wasser abspülen. Ein besonders klärendes, heilendes Peeling.

Peelen mit Mandeln

Zwei Esslöffel fein gemahlene Mandeln mit einem Eigelb und 1/8 Liter warmem Wasser vermengen. Die Haut damit massieren und etwa 20–25 Minuten einwirken lassen. Dann mit warmem Wasser abspülen. Dieses Peeling wirkt durchblutungsfördernd.

▶ Raue Stellen an Knie und Ellenbogen glättet ein Peeling aus Milch und Salz. Raue Körperstellen gut mit Milch befeuchten, einen Teelöffel Salz leicht auf der feuchten Haut verreiben, bis sich die Schüppchen lösen. Mit lauwarmem Wasser sorgfältig abspülen, danach Feuchtigkeitscreme auftragen.

GESICHTSWASSER –
das Tüpfelchen auf dem „i"

Nach der Hautreinigung solltest du die Haut mit einem Gesichtswasser verwöhnen. Die Wässerchen wirken je nach Substanz nachreinigend, beruhigend oder erfrischend. Ihre wichtigste Aufgabe ist der Wiederaufbau des Haut-Säure-Schutzmantels.

Mit Karotten

Wenn das Gesicht jeden Tag mit frischem Karottensaft eingerieben wird, entsteht nicht nur eine frische, gesunde, bräunliche Farbe – die Haut wird auch glatt und weich. Optimal für trockene und normale Haut.

Mit Brennnessel

Getrocknete Brennnesselblätter (aus der Apotheke) kurz mit kochendem Wasser aufbrühen, abkühlen lassen und damit das Gesicht waschen. Optimal für fettschuppige, unreine Haut.

Mit Apfelessig

Ein Glas warmes Wasser mit ein bis zwei Esslöffeln biologischem Apfelessig mischen. Einen Wattebausch darin tränken und das Gesicht vorsichtig damit abtupfen. Optimal bei fettiger, unreiner, großporiger Haut.

Mit Milch

Ein paar Tropfen Milch, Jogurt oder Molke auf einen Wattebausch träufeln. Sanft auftupfen. Optimal für trockene Haut.

Mit Rosen und Kamille

Kamillenblüten in 1/4 Liter Wasser aufkochen und abkühlen lassen. 30 ml Rosenwasser (aus der Apotheke) und den frisch gepressten Saft einer Zitrone beimengen. Optimal für die empfindliche Haut.

Mit Honig

20 Gramm flüssigen Honig, 100 Gramm Orangenwasser und 100 Gramm Rosenwasser in einem heißen Wasserbad auflösen und abkühlen lassen. In ein Schraubverschlussglas füllen, das zuvor gut mit kochendem Wasser ausgespült wurde. Mischung darin erkalten lassen, 15 Gramm 90%igen Alkohol dazugeben und schütteln, bis die Flüssigkeit klar ist. Optimal zur Durchblutung von schlaffer, müder Haut.

AROMA-KOSMETIK

Ätherische Öle sind mittlerweile mehr als nur ein Beauty-Trend. Sie sind die Wohlfühlspezialisten für Körper und Seele. Sie lösen Reaktionen in uns aus, die weder steuer- noch beeinflussbar sind: Das Herz schlägt schneller, der Blutdruck beginnt zu steigen, man atmet tiefer. Düfte sind der direkte Schlüssel zu unserer Psyche. Sie helfen Stress abzubauen, erfrischen, entspannen oder beleben. Sie sind Schönheitsbalsam für die Seele.

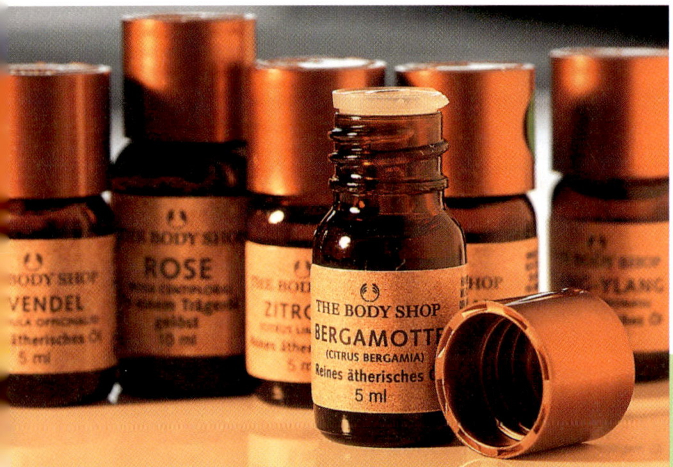

Richtig erkannt
Echte, ätherische Öle sind eigentlich gar keine Öle, sondern flüchtige Duftbestandteile einer Pflanze. Man testet die Reinheit, indem man ein paar Tropfen des Öls auf ein Löschpapier träufelt. Bleibt ein Fettfleck, wurde es im Labor hergestellt. Lass dann die Finger davon, denn es ist therapeutisch nicht wertvoll.

Gesichtspflege mit Ölen

Für die tägliche Gesichtspflege sind ätherische Öle ideal, denn sie verbinden sich sofort mit dem Hautfett. Gleichzeitig dringen sie bis zur Unterhaut durch, um dort von innen zu wirken. Sie regenerieren und nähren die Hautzellen, regen den Zellstoffwechsel an und regulieren die Talgdrüsenfunktion. Zudem wirken sie entzündungshemmend.

Wie man´s macht:
Gesichtshaut ist empfindlich. Um Reizungen vorzubeugen, solltest du Öl nie direkt aufs Gesicht auftragen, sondern eine neutrale Basiscreme, eine Babycreme oder ein auf deinen Hauttyp abgestimmtes Öl als Trägersubstanz verwenden. Das Mischungsverhältnis beträgt jeweils sechs Tropfen ätherisches Öl auf 100 ml Trägersubstanz.

Für jeden Hauttyp das richtige Öl

Fettige Haut: Bergamotte, Wacholder, Limone, Lavendel, Wacholderbeere, Lemongras
Als Trägeröl empfiehlt sich Aprikosen- oder Pfirsichkernöl.
Normale Haut: Patschuli, Sandelholz, Limone, Rose, Jasmin, Geranium, Ylang-Ylang
Als Trägeröl sind Mandelöl, Jojobaöl, Pfirsichkern- oder Aprikosenöl geeignet.
Trockene Haut: Sandelholz, Neroli, Geranium, Rose
Als Trägeröl eignet sich Jojobaöl.

Haut und Sonne

Sonnenschutz ist ein allgegenwärtiges Thema und keinesfalls nur im Sommer aktuell. Die meisten sind sich dessen zwar bewusst, doch Rothäute sieht man immer wieder an den Stränden und Freibädern. Was ist der Grund dafür? Vielleicht liegt es daran, dass viele absichtlich auf den Schutz ihrer Haut verzichten, um schnell die lang ersehnte, knackige Bräune zu erreichen, vielleicht aber auch daran, dass sie gar nicht wissen, wie lange sie sich überhaupt mit ihrem Lichtschutzfaktor in der Sonne aufhalten können …?

SONNE–
Licht- und Schattenseiten

Bei Sonnenschein steigt die gute Laune. Kein Wunder, denn die Strahlen wirken sich total positiv auf uns und unser Wohlbefinden aus. Sie wärmen und zaubern eine schöne, attraktive Bräune. Außerdem braucht die Haut die Sonne zum Aufbau des Vitamin D, das unverzichtbar ist für den Knochenaufbau. Die ultravioletten Strahlen UVA, UVB und UVC haben aber auch ihre Schattenseiten. Es drohen Gefahren!

Achtung UVB-Strahlung:
Höchste Krebsgefahr!!!
Noch viel gefährlicher als die UVA-Strahlen sind die UVB-Strahlen! Sie bewirken tiefe Bräunung, bringen aber auch mehr Energie in die Haut ein und können so größeren Schaden anrichten. Durch zu starke Strahlung werden die Zellen geschädigt, die Haut entzündet sich, Sonnenbrand entsteht. Nach mehreren Sonnenbränden können sich die Zellen nicht mehr ausreichend erneuern – Hautkrebs kann die Folge sein!

Achtung UVA-Strahlung:
Hautalterung und Sonnenallergie!!!
Die UVA-Strahlen zerstören die elastischen Fasern in der Lederhaut und begünstigen somit die vorzeitige Hautalterung. Meistens sind die UVA-Strahlen auch die Ursache von Sonnenallergien.

Noch eine Gefahr:
UVC-Strahlung
Seit die Ozonschicht der Erde immer dünner wird, dringen auch diese Strahlen durch und tragen weiter zum Hautkrebsrisiko bei.

WIE VIEL SONNE verträgt deine Haut?

Wie lange es dauert, bis man einen Sonnenbrand bekommt, hängt vom Hauttyp ab. Jeder Hauttyp hat eine gewisse Eigenschutzzeit, in der er sich selbst vor den Strahlen schützen kann. Doch diese Phase ist vor allem bei hellen Typen sehr kurz. Und danach gibt es einen heftigen Sonnenbrand. Deshalb gilt grundsätzlich: Nicht ungeschützt in die Sonne gehen!

Die 4 Hauttypen

Hauttyp 1

hat sehr helle Haut, ist blass mit viel Sommersprossen. Die Haare sind rötlich, die Augen grün oder blau. Man bezeichnet ihn als den „keltischen Typ". **Bräunung:** Keine, die Haut schält sich. **Eigenschutzzeit:** 5–10 Minuten.

Hauttyp 2

hat helle Haut und vereinzelt Sommersprossen. Die Haare sind blond bis braun, die Augen blau, grün oder grau. Man bezeichnet ihn als „hellhäutigen Europäer". **Bräunung:** Die Haut zeigt kaum Bräunung, und bekommt schnell Sonnenbrand. **Eigenschutzzeit:** 10–20 Minuten.

Hauttyp 3

hat hellbraune Haut, keine Sommersprossen, dunkelblonde bis braune Haare, braune oder graue Augen. Der „dunkelhäutige Europäer" hat seltener Sonnenbrand. **Bräunung:** Gut **Eigenschutzzeit:** 20–30 Minuten.

Hauttyp 4

hat einen braunen Hautton, keine Sommersprossen, dunkelbraune bis schwarze Haare, dunkle Augen. Man nennt ihn den „mediterranen Typ". Er bekommt kaum Sonnenbrand. **Bräunung:** Schnell und tief. **Eigenschutzzeit:** Bis zu 40 Minuten.

PRE-SUN – sicher bräunen

Da der Körper sich also kaum selbst ausreichend gegen die Sonne schützen kann, ist bei jedem Sonnenbad intensiver Sonnenschutz das A und O.

Sunblocker
sind für besonders empfindliche Hautpartien gedacht, z. B. die Nase.

Sonnenprodukte fürs Gesicht
haben zusätzlich pflegende Eigenschaften.

Sonnengels
ziehen schnell in die Haut ein, fetten und kleben nicht.

Sonnensprays
sind super praktisch, denn ohne große Verrenkungen kommt man damit auch an entlegenere Stellen des Körpers.

> **Immer gilt:**
> In den ersten Sonnentagen die nackte Haut maximal eine Stunde der prallen Sonne aussetzen und das auch nur mit dem hohen Schutz eines Sunblockers.

Lichtschutzfaktor und Bräunungszeit

Um festzustellen, wie lange man sich mit einem Sonnenschutzmittel in der Sonne problemlos aufhalten kann, multipliziert man die Eigenschutzzeit der Haut (siehe „Hauttypen") mit dem Lichtschutzfaktor des Sonnenmittels:

Eigenschutzzeit x Schutzfaktor = erlaubte Bräunungszeit

> **Achtung:**
> Dieser errechnete Wert gilt für den ganzen Tag, denn der Schutz kann nur einmal aufgebaut werden.
> Ist die Zeit vorbei, heißt es, ab in den Schatten! Auch mehrmaliges Eincremen verlängert die Schutzzeit nicht!

Lippenschutz

Die Lippen brauchen bei Hitze besonderen Schutz vor dem Austrocknen. Eine einfache, optimale Lippenpflege: Quark und Honig zu gleichen Teilen verrührt oder schlichtweg Butter, die mehrmals täglich aufgetragen wird.

Was zu beachten ist:

→ **Sonnenschutzmittel bereits 20–30 Minuten vor dem Sonnenbad auftragen, damit sich die Filterwirkung entwickeln kann.**

→ **Stündlich wie auch nach jedem Bad nachcremen, denn durch das Abreiben mit dem Badehandtuch oder durch Schweißtropfen kann der Schutzfilm löchrig werden.**

SONNE und ALLERGIEN

Kennst du das? Schon nach dem ersten Sonnenbad rötet sich die Haut und fängt an zu jucken. Die häufigste Form dieser Sonnenallergie ist die **„polymorphe Lichtdermatose"**. Sie äußert sich in juckendem Hautausschlag und kleinen Bläschen. Ab und zu kommt es auch zu größeren, leicht erhabenen Rötungen. Hier sind Sonnenschutzmittel mit sehr hohem Lichtschutzfaktor notwendig.

„Die Mallorca-Akne"
ist ein weiteres Übel. Sie entsteht durch das Zusammenspiel der Lichtunverträglichkeit mit Fetten, bzw. Emulgatoren, in Sonnenschutzmitteln. Was folgt, sind unangenehme Hautrötungen, Pusteln, Bläschen. Hier sind spezielle Hydrogels oder Hydrodispersionsgels mit hohem Lichtschutzfaktor zu empfehlen. Diese Gele enthalten keine Emulgatoren und Fette; sie sind außerdem frei von Konservierungsstoffen und unparfümiert. Eine optimale Wirkung erzielt man mit diesen Produkten, wenn bereits einige Tage vor Urlaubsbeginn auf fett- und emulgatorenhaltige Pflege (Lotionen und Cremes) verzichtet wird. Nach dem Sonnenbad gilt dasselbe. Auch hier gibt es spezielle After-Sun-Pflegeprodukte in Apotheken.

SONNEN-Tipps

Wasser
Wasser wirkt auf der Haut wie ein Brennglas. Beim Schwimmen sollte man deshalb wasserfesten Sonnenschutz verwenden. Nach dem Schwimmen Salz von der Haut spülen. Gut abtrocknen, erneut eincremen.

Schminke
Das Schminken bei Hitze nicht übertreiben. Höchstens wasserfesten Lidschatten und Mascara verwenden.

Deos
Achtung vor Deos mit Alkohol und Parfüms: Durch Sonneneinstrahlung können braune Hautflecken entstehen.

Augenschutz
Sonnenbrille als Augenschutz – absolut notwendig.

Hände
Die Hände sind den Sonnenstrahlen intensiver ausgesetzt als andere Hautpartien. Beim Lesen und Sonnen den Handrücken deshalb genauso gut eincremen wie den Nasenrücken.

Mittagshitze
Die Mittagshitze zwischen elf und fünfzehn Uhr sollte man meiden oder zumindest mit Vorsicht genießen.
Die Sonnenstrahlen fallen in dieser Zeit fast senkrecht ein.

Schlapp?
Mineralwasser in ein Flakon gefüllt, auf Schläfen und Nacken gesprüht, erfrischt und hilft schnell gegen Müdigkeit.

Trinken
Trinken kann man gar nicht genug.
Zuckerfreie Fruchtsäfte sowie Mineralwasser sind gesunde Durstlöscher.

Haare
Haare trocknen in Verbindung mit Wasser und Sonne aus. Sie werden spröde und die Haarfarbe kann ausbleichen.
Empfehlenswert sind wasserfeste Haarschutzmittel.

Sport
Durch Gymnastik, Beachvolleyball und Co. wird vom Körper mehr Sauerstoff aufgenommen und dadurch der Stoffwechsel aktiviert. Die Produktion von Melanin steigert sich (sie ist für die Bräune verantwortlich) und man wird tatsächlich schneller braun als die faulen Sonnenanbeter.

APRÈS-SUN, kühl und sanft

Sonnenbestrahlung strapaziert die Haut extrem. Sie verliert bis zu 30 Prozent Feuchtigkeit. Après-Produkte enthalten Feuchtigkeitsspender, die diesen Verlust wieder ausgleichen. Sie beruhigen die gereizte Haut, kühlen angenehm und enthalten zusätzlich entzündungshemmende Substanzen.
Du solltest deine Haut nach jedem Sonnenbad damit pflegen.

Meine Haut brennt nach dem Sonnen am ganzen Körper. Das passiert mir jedes Mal. Was kann ich bloß dagegen machen?

Anja aus Kiel

» Versuch es doch mal mit einem Buttermilch-Bad. Die Milch entspannt die sonnengestresste Haut sofort und macht sie toll geschmeidig:
1 Liter Buttermilch in das lauwarme Badewasser geben und zehn Minuten darin baden. Danach gut abtrocknen und mit einer Feuchtigkeitslotion eincremen. «

Achtung: Sonnenbrand!
Wenn man trotz aller Vorsicht doch mal zu viel Sonne erwischt hat, schafft alles, was kühlt, erste Hilfe: kalte Buttermilch, Quark oder Jogurt. Lindernd wirken auch Eiswasser-Kompressen und entsprechende After-Sun-Lotionen.
Bei starken Beschwerden sollte man zum Arzt gehen.

Sanfte Sommerpflege

Im Sommer wird die Haut durch die Hitze oft mehr gestresst, als ihr gut tut. Darum sollte die tägliche Pflege und Reinigung auch besonders sanft sein.
Syndets (seifenfreie Produkte) sind schonender als herkömmliche Seifen. Sie entfetten die Haut nicht und trocknen sie nicht aus. Nach der Reinigung muss die Haut immer eingecremt werden, nicht nur nach dem Sonnenbad.
Hilfreich kann auch eine **Karottenpackung** sein:

So geht´s:
½ Eigelb mit Olivenöl und feingeraspelten Karotten verrühren. Die Mischung schlagen, damit sie sich gut verstreichen lässt. 20 Minuten einwirken lassen.

BRÄUNE aus der TUBE

Die ersten Strahlen der Frühlingssonne verführen zum Risiko: Wir wissen um die Gefahr, doch was nutzt es, wenn man sich in seiner blassen Haut partout unwohl fühlt. Eine gute Alternative sind da die künstlichen Bräuner aus der Tube.
So kann man den Start in die Sonne ganz locker angehen – ohne Risiko für die Haut.

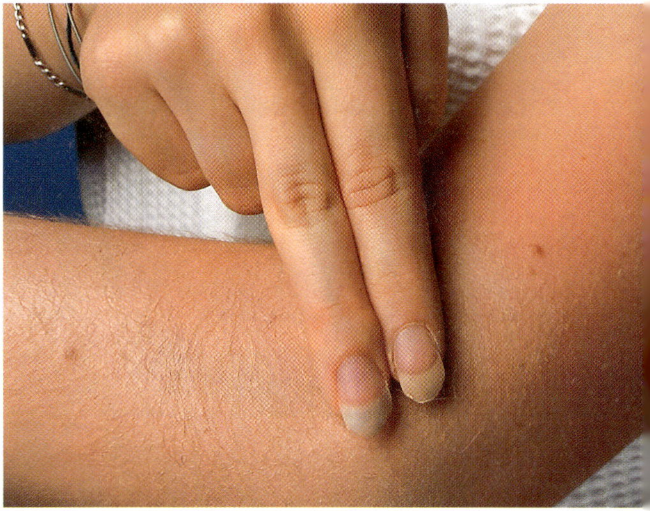

Wie wirken Selbstbräuner?

Die aktive Substanz in Selbstbräunern heißt Dihydroxidaceton – kurz DHA genannt. Es handelt sich dabei um einen zuckerähnlichen Stoff, der mit hauteigenen Proteinen eine chemische Verbindung eingeht und die Hornzellen der Oberhaut bräunlich färbt. Eine Methode, die absolut unschädlich und hautverträglich ist.

Die Anwendung

Vorbehandlung mit Peeling

Eine ebenmäßige, glatte Haut ist Voraussetzung für ein gleichmäßiges, natürliches Tönungsergebnis. Ein Körper- und/oder Gesichtspeeling am Abend vor der Behandlung ist ratsam. Es beseitigt abgestorbene Hautschüppchen.

Enthaarung – ein Muss

Gerade bei starker Körperbehaarung lässt sich eine fleckige Bräunung leider kaum vermeiden. Deshalb müssen die Beine vorher enthaart werden; am besten am Abend vorher, damit sich die Haut wieder erholen kann (siehe Seite 101).

Feuchtigkeitscreme auftragen

Gerade an Ellbogen, Knöcheln und Knien wird die Farbe oft intensiver als gewollt. Wenn auf diese Stellen vorher etwas Feuchtigkeitscreme aufgetragen wird, puffert dies den Selbstbräuner ab. Und genauso kann man extrem braune Stellen mit einem Peeling und anschließend aufgetragener Feuchtigkeitscreme wieder abmildern.

Richtig auftragen
Selbstbräuner wird immer von unten nach oben aufgetragen. Also bei den Füßen beginnen, sonst riskiert man, beim Bücken den auf den Oberkörper aufgetragenen Selbstbräuner zu verschmieren.

Ränder vermeiden
Selbstbräuner ist schwer abzuwaschen. Aus diesem Grund muss er besonders im Gesicht gleichmäßig aufgetragen werden und – ganz wichtig – über Haaransatz und Kinn leicht verlaufen. Sonst gibt´s unschöne Ränder! Außerdem Hals und Dekolletee nicht vergessen. Auch hier müssen die Ränder sanft auslaufen. Zum Schluss die Hände gründlich waschen.

Ich habe sehr helle Haut und werde in der Sonne auch nicht braun, sondern nur rot. Woher kommt das? Ich will auch nicht ständig leichenblass zum Baden gehen!
Andrea aus Köln

» Dass du schlecht bräunst und sich deine Haut nur rötet, ist genetisch bedingt. Deine Hautzellen produzieren einfach weniger Melanin, das für die braune Farbe verantwortlich ist. Warum versuchst du es nicht mal mit einem Selbstbräuner – so kommst du schon leicht getönt zum Baden. «

Wichtig:
Selbstbräuner schützt nicht vor Sonnenbrand. Deshalb in der Sonne immer Sonnenschutz verwenden.

Für eine natürliche Wirkung
Damit die Bräunung auch ganz echt wirkt, werden mit einem feuchten Tuch die Stellen abgerieben, die in der Sonne auch heller bleiben, wie Ellenbogen oder Arminnenseiten.

Reinigen
Etwa ein Drittel des Selbstbräuners wäscht sich beim Duschen wieder ab. Soll die Bräune weiterhin bleiben, ist nach der nächsten Dusche ein Peeling und erneutes Eincremen mit Selbstbräuner zu empfehlen. Soll die Bräune schnell verschwinden, ist nach jedem Duschen ein Peeling ratsam.

▶ Zum Reinigen keine alkalischen Seifen verwenden. Sie können einen unerwünschten Gelbstich verursachen. Reinigungsmilch bewahrt der künstlichen Bräune den natürlichen Goldton.

Farbtypen – die vier Jahreszeiten

Tagtäglich sind wir von Farben umgeben. Sie bestimmen unser Leben, unsere Gefühle, „sprechen" mit unserer Seele. Farben beeinflussen uns und unsere Umwelt. Und wir schmücken uns mit Farben – bei Kleidung, Make-up und Haaren. Doch nicht jedem Menschen stehen alle Farbtöne. Manche machen frisch und strahlend, andere blass, fahl und kränklich. Farben spielen also bei der Wahl des Outfits und des Make-ups eine ganz entscheidende Rolle. Die Kunst liegt darin, ihre positiven Eigenschaften für sich zu erkennen und zu nutzen. Tauchen wir ein in die bunt schillernde, faszinierende Welt der Farben.

FARBEN HARMONIE

Die richtige Farbwahl bei Kleidung und Make-up muss mit der körpereigenen Pigmentierung von Augen, Haut und Haaren harmonieren. Nur so lässt sich ein Farbtyp richtig zuordnen. Die Farben von Outfit und Make-up wirken dabei unterstützend und rücken die Optik eines Menschen ins rechte Licht. So kannst du dich optimal zur Geltung bringen.

Die vier Jahreszeiten

Bei der Farbtypbestimmung hat man sich am besten Vorbild orientiert, das es gibt – an der Natur!
Die klaren Farbkleckse des Frühlings, die sanften, lieblichen Töne des Sommers, die erdigen, warmen Nuancen, die der Herbst bringt und die kontrastreichen, kalten Farbtöne des Winters – welches sind deine Farben?

Der Frühling
erwacht mit strahlenden, bunten Farben.

Der Sommer
zeigt sich in leichten Aquarelltönen.

Der Herbst
färbt das Laub goldbraun und erdig.

Der Winter
steht für klare Kontraste.

Die FARBTYPEN

Frühlingstypen haben eine frische, natürliche, rosige Hautfarbe. Die Haut ist meistens sehr hell und zart pfirsichfarben. Auch blassere Typen können beim Sonnen knackig braun werden. Sie neigen zu gold-braunen Sommersprossen. Die Haarfarbe variiert zwischen blond, gold und honigblond bis zu hellbraun oder brünett. Die Augen sind strahlend hellblau, hellgrün, blaugrün, türkis oder olivfarben. Die Iris zeigt vereinzelt lustige Sprenkel.

Sommertypen haben einen hellen, kühlen, leicht bläulichen Hautunterton oder blasse Haut, die rosig schimmert. Sie vertragen keine kräftigen Farben. Kühle und leichte Töne sind optimal und unterstreichen den Teint perfekt. Bis auf extrem helle Typen kann beim Sonnen eine tolle Bräune erreicht werden. Die Haare haben einen aschigen Glanz, ob hellbraun, brünett, blond oder dunkelblond. Auch ein Rotschimmer ist möglich. Zu den häufigsten Augenfarben gehören grün, graugrün, braun oder blau, auch die zarten Nuancen.

Herbsttypen tendieren zu warmen, goldbraunen, erdigen Farben. Der Hauttyp kann sehr hell sein, aber auch bronze schimmern. Fast immer hat der Teint eine goldgelbe, warme Nuance. Goldbraune Sommersprossen sind keine Seltenheit. Beim Sonnen neigt die Haut zu Rötungen. Die Haarfarbe reicht von dunklem Blond über Mittelbraun, Brünett mit kupfernen Reflexen bis hin zu einem kräftigen Rot. Die Augen sind meist warm olivgrün oder braungrün. Braunäugige haben oft goldene oder grünliche Sprenkel in der Iris.

Wintertypen brauchen klare Farben. Die Haut ist extrem hell, fast schon weiß mit leicht blässlichem Unterton. Bei diesem Typ ist nur eine zarte Sonnenbräune möglich. Oder der Teint hat einen olivfarbenen Ton, bräunt schnell und tief. Die Haare sind mittel- bis dunkelbraun oder schwarz. Ausdrucksstarke Augen mit klarem Augenweiß gehören mit zu seinen Merkmalen. Die Augenfarben grün, grau, blau, graugrün, graublau, dunkelblau, braun oder schwarzbraun sind sehr leuchtend und glänzend.

Welcher FARBTYP bist du?

Mach den Test. Dafür musst du ungeschminkt sein. Stell einen Spiegel vor dich und achte darauf, dass um dich herum nicht zu viele Farben sind, die ablenken könnten. Um deine Schultern legst du ein großes, weißes Handtuch, um die Beurteilung so neutral wie möglich zu machen.

1. Gesicht und Oberkörper

Schau zunächst Gesicht und Oberkörper an. Welchen Gesamteindruck hast du:

- Verkörperst du einen warmen, goldenen Typ?
- Gehörst du eher zur „kühlen" Art?
- Ist deine körpereigene Pigmentierung eher gedämpft oder von leuchtender Klarheit?
- Ist deine Farbausstrahlung hell und zart oder bist du mit kräftigen Farbabstimmungen eher ein dunkler Typ?

2. Dein Teint

Konzentriere dich auf deinen Teint:

- Ist deine Haut sehr hell, beinahe durchscheinend?
- Oder ist dein Teint rosig und wirkt sehr natürlich?
- Ist deine Gesichtshaut sehr blass?
- Schimmert dein Teint wie Bronze oder wie Elfenbein?
- Hast du Sommersprossen?

3. Die Augen

Jetzt schau dir in die Augen:

- Sind sie strahlend hellblau, grün oder türkis?
- Oder hast du dunkle, braune oder schwarzbraune Augen?
- Ist deine Augenfarbe sehr zart – hellblau, hellgrün oder graugrün?
- Schimmern deine Augen in verschiedenen Schattierungen – braungrün oder oliv?
- Zeigt deine Iris einzelne Sprenkel?
- Ist das Augenweiß besonders markant?

4. Deine Haare

Sehr aussagekräftig sind deine Haare:

- Sind sie blond oder brünett, mit einem goldenen Schimmer?
- Haben sie eher einen aschigen Glanz?
- Gehörst du zu den rothaarigen Typen – nur ein leichter Schimmer oder kräftig kupfern?
- Hast du dunkle Haare?

Erstelle dir aus diesen Beobachtungen dein Farbprofil und vergleiche es mit den verschiedenen Farbtypen. Du wirst sehen, dass du einem bestimmten Typ gleichst. Zur Überprüfung kannst du die Farbpaletten auf den folgenden Seiten an dein Gesicht halten und schauen, welche Farben am besten zu dir passen.

FARB-HITS für den FRÜHLING

Outfit und Schmuck

Die Frühlingsfrau wirkt zart, aber strahlend und heiter; ideal für sie sind leuchtend-warme Farben.

Weiß: Gedämpftes Creme-Weiß; Eierschalenfarben
Braun: Zarte, helle Brauntöne wie helles Schokoladenbraun, Karamell, Honig- oder Kamelbraun
Beige: Cremiges Beige mit Gelb- oder Goldstich; ungeeignet sind grau- oder blaustichige Beigetöne
Gold: Wirkt super und ist sehr edel als Schmuck
Gelb: Sonnen- oder Dattelgelb, pastelliges Vanille bzw. warmes Goldgelb
Rosa: Sanftes Rosé, Flamingo-, Flachs- und Korallenrosa sowie Rosétöne, die ins Orange gehen
Orange: Kräftiges Orange, Apricot oder Lachsorange
Rot: Klatschmohn- und Korallenrot, Orange- und Feuerrot, helles Tomatenrot, Rot mit Gelbstich
Lila: Zartes und helles Lila
Blau: Blautöne mit Gelbstichanteil, Karibikblau, Türkis von zart pastellig bis leuchtend
Grün: Mai- und Apfelgrün, Grasgrün, helles, gelbstichiges Grün

Make-up-Farben

Für die **Grundierung** sind natürliche, hauttonähnliche Farbnuancen am geeignetsten: Mittel- bis Goldbeige, Porzellanbeige, Pfirsichfarben und Elfenbein. **Transparentpuder** im Gelbbeige-Ton fixiert und mattiert das Make-up. **Lidschatten** in Gold, Gelb, Honig, Aprikot, Türkis und Mango betonen die Augen perfekt und lassen sich gut kombinieren. Wichtig ist es, auf helle und mittlere Töne zurückzugreifen. **Brauenstifte** sind ideal in Beige, Grau oder mattem Braun. Dunkelbraune **Mascara** ist tagsüber dezent. Schwarze Wimperntusche, kraftvolle Grün- und Blautöne sind ideal für heiße Disko-Nächte und tolle Feten. **Kajalstifte** in softem Grün und Türkis oder Braun betonen die Augen zusätzlich. Beim **Rouge** eignen sich warme Pfirsichnuancen und Rosatöne – vor allem wenn man recht blass ist. Für Mädchen, die leicht erröten, sind Töne im hellbraunen bis beigen Bereiche besser. **Lippen- und Konturenstifte** in zarten, hellen Farben betonen den Mund ideal. Wird ein Konturenstift verwendet, dann in der gleichen Farbe oder leicht dunkler als der Lippenstift. Farbige **Nagellacke** aus der Frühlings-Farbpalette wählen. Vor allem sollte der Lack zum Lippenstift passen.

FARB-HITS für den SOMMER

Outfit und Schmuck

Feminin und dezent – die Erscheinung der Sommerfrau. Ideal für sie sind blaustichige, pudrige Töne.

Weiß: In gedämpfter Form, Wollweiß
Gelb: Sanftes Zitronengelb, Vanille, Pastelltöne
Rosa: Zartes Rosé, pudrige, wässrige Töne, Altrosa oder Rosa mit Graustich
Rot: Blaustichige, dunkle Töne, zart in Himbeere, gedämpft in Burgunder, aber keine Orangetöne
Blau: Mildes Grün- oder Graublau, rauchiges Blau, Himmelblau, Taubenblau
Grün: Mintgrün oder Pistazie, Seegrün, sanftes Blaugrün, Türkis
Lila: Alle Töne von hell bis dunkel, z. B. helles Lavendel, Fliedernuancen mit Graustich, Brombeerfarben, Aubergine usw.
Beige: Geeignet sind helle Nuancen sowie Beigerosa oder Beige mit Graustich
Braun: Wenn, dann Töne mit Blau-, Grau- oder Rosastich
Grau: In allen Tönen vorteilhaft
Silber: Wirkt super, sehr edel als Schmuck

Make-up-Farben

Gute **Grundierungsfarben** sind Nuancen in Beige und Rosabeige in hellen bis mittleren Tönen. **Transparentpuder** im Rosabeige-Ton fixiert das Make-up und mattiert. **Lidschatten** in Graublau oder Graubeige, Mittelgrau, Lilagrau, bzw. Beigelila, Rosé, Mint oder pastelligem Flieder machen die Augen ausdrucksvoller und lassen sich gut kombinieren. Knallige Farben werden am besten gemieden. Die Augenbrauen werden dezent betont mit **Brauenstiften** in Beige, Grau oder mattem Braun. **Mascara:** Schwarz macht Strahleaugen. Auch geeignet sind Dunkelblau, dunkles Violett oder dunkles Grau. **Kajalstifte** in weichem Mittel- oder Dunkelblau, Mittelgrau oder Violettgrau betonen die Form der Augen. Beim **Rouge** sind kühle, gedeckte, pastellige Rosanuancen, Rosabeige oder ein gedämpftes Burgund am besten. Bei einem rosigen Teint wirkt die Haut mit rosa Rouge leicht fleckig, besser ist Beigerosa. **Lippen- und Konturenstifte** in kühlem Rosa und gedecktem, dunklerem Rot sind ideal. Auch hier sollte man kein knalliges Rot verwenden. Farbige **Nagellacke** werden aus der Sommer-Farbpalette gewählt. Der Lack sollte auf jeden Fall zum Lippenstift passen.

FARB-HITS für den HERBST

Outfit und Schmuck

Eine warme, goldene Ausstrahlung ist typisch für die Herbstfrau; damit harmonieren gedeckte, warme Töne.

Weiß: Reines Weiß ist ungeeignet, wenn, dann Elfenbein- und Champagner-Nuancen
Beige: Zimtfarben oder mit einem gelbgoldenen Unterton
Gelb: Goldenes Gelb, Senfgelb, Maisfarben oder ein Curryton, auch softere Varianten, die ins Grünliche, Bräunliche oder Orange gehen
Rot: Warme Töne, wie Ziegel- oder Rostrot, Braunrot oder Granat, Paprika- oder Korallenrot
Orange: Kräftiges Orange oder die weicheren Versionen, wie Braun-Orange oder Rost
Gold: Ideal als Schmuckfarbe und für Accessoires
Braun: Ein warmes, sattes Braun, Braun mit Gold- oder Gelbanteil, Kaffeebraun, Ocker oder Kamelbraun
Lila: Dunkles Aubergine oder Pflaume
Blau: Kein reines Blau, nur mit gelbgoldenem Unterton sowie Petrolblau
Grün: Moosgrün, Lindgrün, Khaki, Olivgrün, Dunkelgrün
Grau: Nur ein warmes Grau mit braunem oder grünem Unterton, Graphit

Make-up-Farben

Geeignete **Grundierungsfarben** sind Mittel- bis Goldbeige, Pfirsich, Elfenbein. Der **Transparentpuder** sollte ins Gelblichbeige gehen. Mit helleren oder hautfarbenen **Abdeckstiften** können Unreinheiten oder Rötungen gut kaschiert werden. Erdiges Braun, Gold, Beige-Nuancen, Goldgrün, Dunkelbraun, Bronze, Kupfer, Olivgrün oder Petrol sind ideale **Lidschatten-Farben.** Augenbrauen werden dezent betont. Je nach Haarfarbe sind **Brauenstifte** in Graubraun, Beige oder einem matten Braun ideal. **Kajalstifte** in Grün, Hellgrün, Petrol, Graugrün, Türkis, Mittel-, Dunkelbraun betonen die Augenform. **Mascara:** Schwarz bringt die Augen zum Leuchten. Besser für hellere Herbsttypen ist Wimperntusche in Mittel- oder Dunkelbraun. Beim **Rouge** am besten erdigere, dunkle Nuancen wählen, wie Braunrot und Terrakotta. Ein Tipp für extreme „Bleichgesichter": Die Farben nur in einem Hauch auftragen oder ein Rouge mit ganz leichtem Orangestich nehmen. **Lippen- und Konturenstifte** können den Mund in heftigeren Rot-Nuancen betonen, wie Kupfer- oder Rostrot, Feuerrot, Ziegel- oder Orangerot. Bräunliche Töne sind softer. Knallbunte **Nagellacke** sind nichts für den Herbsttyp. Dezenter Klarlack oder ein Beigeton sind ideal.

FARB-HITS für den WINTER

Outfit und Schmuck

Winterfrauen wirken stark und voll Power. Klare, kalte Farben kleiden sie optimal.

Weiß: Reines Schneeweiß ist ideal.
Schwarz: Wirkt perfekt
Grau: Eisiges Grau, silbrig- glänzend, Anthrazit
Rot: Blaustichiges, klares Rot, Weinrot, Purpur oder Rubin
Rosa: Knalliges Pink, eisiges Rosa.
Lila: Eisiges Violett, Lila mit blauem oder schwarzem Unterton, dunkles Violett
Gelb: Eisiges Gelb, Zitronengelb, kräftige Gelbtöne
Grün: Grünnuancen mit großem Blauanteil, Dunkelgrün, Türkis, Smaragdgrün, Tannengrün, eisiges Grün
Blau: Eisblau, kühle, leuchtende Blautöne, wie Kobalt, Royal oder Königsblau, Indigo, Schwarzblau oder Marine
Braun: Dunkles Schwarzbraun
Silber: Ideale Schmuckfarbe

> **Grundsätzlich gilt für alle Farbtypen:** Make-up-Farben müssen immer einen Ton heller sein als der Teint!

Make-up-Farben

Geeignete **Grundierungsfarben** sind Hell- bis Mittelbeige. Bei einem olivenen Hautton kann die Grundierung auch mal einen geringen Gelbanteil haben. Hautfarbene und hellere **Abdeckstifte** kaschieren Unreinheiten und Rötungen. **Transparentpuder** sollte ins neutrale Beige gehen. **Lidschatten** in Silber, Pink, hellem Grau, eisigem Rosé sind optimal. Im Kontrast mit dunklem Grün, Anthrazit, dunklem Lila oder Nachtblau öffnen sie den Blick. Die meisten Winterfrauen haben stark ausgeprägte Brauen, die nur leicht zu korrigieren sind. Je nach Haarfarbe liegen die Farben des **Augenbrauenstifts** zwischen mittlerem Braun und Schwarz. Bei der Wahl des **Kajalstifts** richtet man sich nach der dunkelsten Lidschattenfarbe. **Mascara:** Schwarz lässt die Augen strahlen. Schön sind auch dunkles Grün, Königsblau oder Marine. Beim **Rouge** werden kühle Nuancen gewählt, wie Burgund, Pinkfarben oder ein kühles Braunrot. **Lippen- und Konturenstifte** wirken in knalligen Tönen, in klarem Pink, Brombeerrot oder dunklem Violett am besten. Gerade bei extremen Farben ist der Konturenstift nicht wegzudenken. **Klarlack** ist schön dezent, aber auch extreme **Nagellackfarben**, wie Schwarz oder Rot, wirken gut.

Face-Style

Make-up untersteht heute nicht mehr dem Diktat der Mode, vielmehr soll es die Individualität jeder Frau und jedes Mädchens unterstreichen. Make-up kann Gefühle zum Ausdruck bringen, ein Gesicht zerbrechlich und zart erscheinen lassen, Selbstbewusstsein zeigen oder Fröhlichkeit ausstrahlen. Je nach Stimmung und Typ werden Farben zart und pastellig aufgetragen, spacige Future-Farben gewählt oder knallig bunte Akzente gesetzt. Experimente sind erlaubt und gewünscht. Make-up muss heute schnell gehen und unkompliziert sein.

No FACE is PERFECT

Kein Gesicht ist perfekt. Make-up gibt dir die Möglichkeit, das Beste aus deinem Typ zu machen: Positives zu betonen, Schwachstellen in den Hintergrund zu drängen, sodass dein Charme und deine Individualität unterstrichen werden. Keinesfalls gilt beim Make-up: Viel hilft viel!
Nein, richtig schminken ist eine kleine Kunst.

Grundausstattung:
Dicker Puderpinsel, Rouge-Pinsel, Lippenpinsel, kleiner Lidschattenpinsel, Make-up-Schwämmchen, Lidschatten-Applikator (das kleine Schwämmchen am Stil liegt den Lidschattendöschen meist schon bei), Augenbrauen-Bürstchen (oder eine Zahnbürste), Pinzette, Spitzer für die Schminkstifte, Wattestäbchen, Wattepads, Papiertücher

Die drei Schritte des Make-ups:
1. Das Basis-Make-up: Grundierung für einen ebenmäßigen Teint
2. Modellierung des Gesichts mit Farbnuancen, Rouge und Aufheller
3. Akzente setzen – Augen betonen, Mund schminken ...

Produkte:
Creme, geeignet als Make-up-Unterlage, Abdeckstift, Make-up, Rouge, Abdeckpuder, Lidschatten, Eyeliner, Kajal, Augenbrauenstift, Mascara, Lippenkonturenstift, Lipstick, bzw. Gloss

Was brauchst du für ein perfektes Make-up?
Schminkzubehör gibt es mehr als genug. Doch mit einer Grundausstattung kommst du schon sehr weit. Die Produkte sollten auf deinen Hauttyp abgestimmt sein. Bei den Farben solltest du nicht wahllos zugreifen, sondern deinen Farbtyp berücksichtigen. Am besten lässt du dich im Fachgeschäft beraten.

Das BASIS-MAKE-UP

Das Basis-Make-up zaubert einen makellosen Teint und pflegt ihn gleichzeitig. Allerdings ist es gar nicht einfach, sich im Dschungel der vielfältigen Produkte zurechtzufinden.

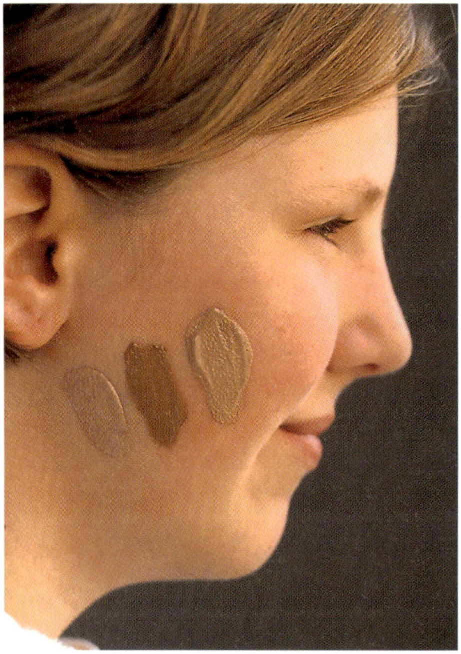

Die Grundierung – was ist was?

Flüssig-Make-up
ist leicht aufzutragen und verleiht dem Gesicht durch seine leicht transparente Textur ein natürliches Aussehen.

Creme-Make-up
ist deckend, enthält zudem Pflegestoffe und UV-Filter. Es ist optimal für die trockene Haut.

Getönte Tagescreme
zaubert ein oder zwei Nuancen Farbe auf das Gesicht, belebt den Teint, ist aber nicht deckend.

Kompakt-Make-ups
decken am besten, denn sie enthalten die höchsten Puderanteile. Sie sind für jeden Hauttyp geeignet.

Puder-Make-up
mattiert die Haut, ist leicht und schnell aufzutragen. Es ist für alle Hauttypen, außer für sehr trockene Haut, geeignet.

Make-up-Stifte
sind genauso gut deckend wie Kompakt-Make-ups. Am besten werden sie mit einem Schwämmchen verteilt.

Abdeckstifte/-cremes
Damit lassen sich Unreinheiten, Augenschatten oder Rötungen optimal wegmogeln.

Make-up für unreine Haut
sollte möglichst fettfrei und gut deckend sein. Es deckt rote Stellen auf Nasenflügel oder Kinnpartie ab.

Camouflage
Diese Produkte decken Verbrennungen und Feuermale wasserfest ab.

Grünes Make-up
gibt's als Puder, Stift oder flüssig. Es ist für Frauen gedacht, die unter erweiterten Äderchen auf den Wangen leiden, und deckt optimal.

Make-up muss nicht teuer sein

Teuer ist nicht unbedingt besser. Preiswerte Produkte können in ihrer Qualität sogar besser sein als teure. Das Farbangebot ist in allen Preisklassen vielfältig. Du hast die Wahl und entscheidest ganz allein, was dir Schminke wert ist. Was du bei den Luxusprodukten auf jeden Fall bezahlen musst, ist die aufwändige Verpackung.

Auftragetechnik

Flüssig-Make-ups lassen sich gut mit den Fingern auftragen. Man gibt dabei einen Klecks auf den Handrücken, nimmt die Menge mit zwei Fingern auf, verteilt sie im Gesicht oder klopft sie ein. Auch bei kompakten Grundierungen hat sich diese Technik bewährt. Mit einem feuchten Schwämmchen lässt sich Make-up extrem fein auftragen.

▶ Make-up immer von der Stirn Richtung Kinn auftragen. Bei großen Poren nicht aufstreichen, sondern einklopfen. Überschüssiges Make-up mit einem Zelltuch abnehmen. Gut auslaufen lassen, sonst gibt´s unschöne Ränder.

Make-up muss zum Hauttyp passen

Das Make-up muss zum Hauttyp passen, sonst haften die Farben nicht richtig. Und der Hautzustand ändert sich durch innere und äußere Einflüsse und auch zu unterschiedlichen Jahreszeiten immer wieder. Ist die Haut sehr fettig, darf die Grundierung nicht zu fettig, weich oder cremig sein. Kompakt- oder loser Puder sind ideal.
Bei trockenem, schuppigen Hautzustand muss die Grundierung cremig und flüssig sein, damit sie sich schön gleichmäßig auftragen lässt.

Die richtige Farbwahl bei der Grundierung

Niemals darf eine Grundierung dunkler sein als die Haut – lieber eine Nuance heller. Um festzustellen, welche Farbe die richtige ist, testest du das Make-up bei Tageslicht auf Stirn und Kinnpartie. Wenn du je einen Tupfer von zwei verschiedenen Make-up-Farben aufträgst, kannst du den Unterschied sehr gut feststellen und siehst, welcher Farbton mit der Haut harmonisiert. Optimal ist der Farbton, der fast unsichtbar in den normalen Hautton übergeht.

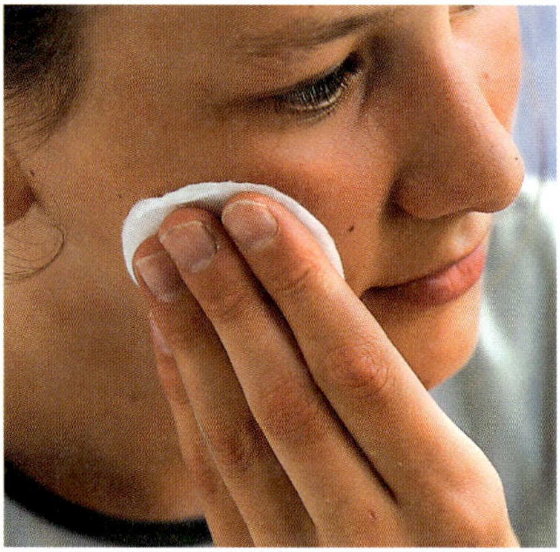

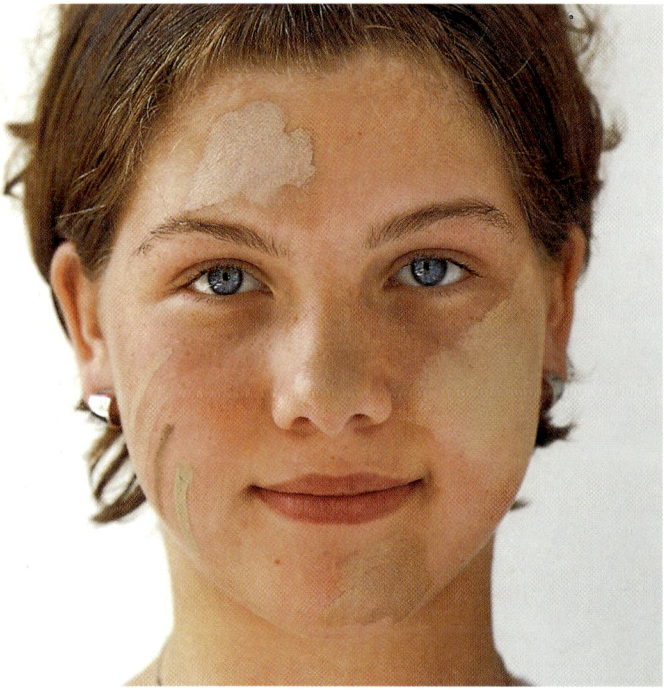

Ein Trick

Make-up (egal ob flüssig oder in fester Form) wird haltbarer und wirkt frischer, wenn du nach dem Auftragen das Gesicht mit einen angefeuchteten Wattebausch abtupfst – nicht wischst!
Das gilt natürlich nicht fürs Augen-Make-up.

▶ Ist der Make-up-Ton zu dunkel, kann man ihn mit einem sehr hellen oder weißen Ton mischen.
Zu beachten ist, dass gebräunte Sommerhaut etwas dunklere Töne, blasse Winterhaut nur helle vertragen kann.

Gesichtspuder

Puder ist reine Modesache und unterliegt Trendeinflüssen. Mal ist er in, mal darf der Teint glänzen. Er bleibt aber immer ein „staubiger Luxus" für die Haut. Er bindet das Make-up, lässt den Teint matt und ebenmäßig erscheinen. Puder ist bei fettiger Haut immer nützlich, denn er mattiert und verleiht einen gleichmäßigen Schimmer. Wer denkt, Puder ist nur was für glänzende Nasen, der irrt. Man kann ihn tragen, auch wenn kein Make-up auf der Haut ist. Kompakt-Puder ist zudem der tolle Auffrischer für unterwegs. Bei trockener, schuppiger Haut allerdings kann Puder verklumpen und Schüppchen auch betonen.

▶ Make-up und Puder sollten dieselbe Farbe haben oder du verwendest einen transparenten Puder zum Mattieren, der den Farbton des Make-ups nicht verfälscht. Auf keinen Fall hellen Puder auf eine dunkle Grundierung auftragen, oder umgekehrt. Der Ton des Make-ups sollte immer entsprechend des eigenen Hauttons ausgewählt werden.

Richtig pudern

Mit der Puderquaste solltest du niemals wischen, sondern nur leicht tupfen. Vorher die Quaste leicht am Handrücken abklopfen, damit nicht zu viel Puder auf die Haut kommt. So wird der Puder sanft auf die Gesichtshaut gedrückt und ein gleichmäßiges Ergebnis möglich. Loser Puder lässt sich mit einem dicken Pinsel optimal auftragen. Pinsel zunächst auf dem Handrücken abklopfen und dann sanft gegen die Gesichtshaut drücken und von oben (Stirnpartie) nach unten (Kinn) abpudern.

Rouge

Ohne Rouge läuft nichts, da sonst jedes Make-up unvollständig wirkt. Rouge zaubert einen Hauch Frische auf das Gesicht, der Teint wirkt ausdrucksvoller und lebendiger – auch ganz ohne Make-up.

▶ Blasse Typen können tricksen, indem sie ein wenig Rouge um den Haaransatz tupfen. Das kommt auch gut, wenn man die Haare aus dem Gesicht trägt.

Rouge und Hautton

Das Rouge sollte zum individuellen Farbtyp passen, also zu den natürlichen Hautpigmenten: Schimmert die Haut golden, sollte man warme Farben wählen. Hat die Haut einen eher rosigen Ton, sind blaustichige Rougefarben richtig.

Hautton	Rouge
rosig, rötlich	zartes Rosé
blass, beige	pfirsichfarben
hellhäutig	zart Rosé
mittel, gold	warme Brauntöne
dunkel, braun	Orangenuancen, Kupfertöne
hell und rothaarig	Kupfertöne, pfirsichfarben

Puderrouge

Puderrouge verteilt sich optimal auf gepuderter Haut. Es lässt sich am besten mit einem dicken Rouge-Pinsel auftragen. Den Pinsel von der Schläfe Richtung Wangenknochen streichen nicht umgekehrt. Um einen Hauch Farbe aufzutragen, genügt ein sanftes Wischen über die Haut. Lieber ein zweites Mal drübergehen als zu viel Farbe auf einmal auftragen. Zu viel Rouge lässt sich abschminken, indem man es mit einer Puderquaste abtupft.

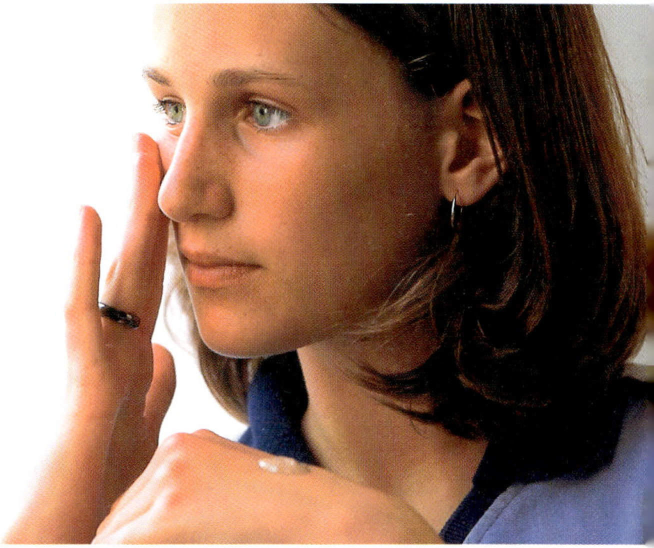

Cremerouge

Cremerouge enthält Fett, deshalb ist es nicht unbedingt empfehlenswert bei fettiger Haut. Es wird immer direkt auf die Grundierung gesetzt, also vor dem Abpudern der Haut. Es sieht auch auf ungeschminkter Haut schön aus.

▶ Vermeide große Farbunterschiede bei Rouge und Lippenstift. Sie müssen nicht exakt den gleichen Ton haben, sollten aber aus einer Farbfamilie stammen.

Aufheller

Aufheller, die „Highlights", perfektionieren das Basis-Make-up. Sie werden in verschiedenen Varianten, wie z. B. in Drehstiften, in Döschen in cremiger Konsistenz oder in flüssiger Form angeboten. Mit ihnen lässt sich das ganze Gesicht modellieren – Augenringe verschwinden, ausgeprägtere Gesichtspartien können optisch kaschiert werden. Grundsätzlich gilt, dass der Aufheller auf die Grundierung farblich abgestimmt sein muss. Ein bis zwei Nuancen heller als das Make-up wirkt er am natürlichsten.

▶ Der Aufheller wird nach der Grundierung aufgetragen, sonst verwischt er zu leicht.
Achtung: Nicht zu nah an den Wimpernrand kommen, sonst setzt er sich ab.

GESICHTSFORMEN – sanft modelliert

Jedes Gesicht ist einzigartig: Ein spitzes Kinn, eine breite Stirn, ein hohes Jochbein, ausgeprägte Kieferknochen – all diese Merkmale bestimmen die Gesichtsform. Und genau das macht jeden Typ so unverwechselbar.

Das längliche Gesicht

ist schmal und gestreckt mit wenig ausgeprägten Wangen.

Das eckige Gesicht

hat eine breite Stirnpartie, flache, wenig ausgeprägte Wangenknochen und recht eckige Kieferknochen.

Das runde Gesicht

ist an seiner äußeren Kontur schon als Kreis zu erkennen. Die Wangen sind meist voll und großflächig, die Wangenknochen eher unscheinbar.

Welche Gesichtsform hast du?

Um deine Gesichtsform richtig einzuordnen, frisierst du deine Haare vollständig aus dem Gesicht und betrachtest dich ungeschminkt und frontal im Spiegel. Die Ohren werden mit den Händen abgedeckt. Beachte die Form deiner Stirn, der Wangenknochen, der Wangen und des Kieferknochens.

Dabei darfst du nur die Gesichtskontur berücksichtigen. Ausgangspunkt ist der Haaransatz der oberen Stirnpartie, nicht die Kopfform!

Es gibt auch viele Mischformen, wie z. B. oval-eckig oder eine Kombination zwischen rund und dreieckig.

Optische Tricks zur Face-Korrektur

Deine Gesichtsform kannst du durch Make-up, Rouge und Aufheller optisch beeinflussen.

Grundiert und schattiert

Eine dunklere Grundierung lässt entsprechende Partien unscheinbarer werden, eine helle dagegen betont und hebt hervor.
Breite, großflächige Wangenpartien können so z. B. durch dunkles Abschattieren zurückgesetzt, hohe Wangenknochen dagegen hell grundiert und damit schön betont werden – das nennt man highlighten.

Zu deinem Basis-Make-up brauchst du also Grundierungen, die eine Nuance heller und eine Nuance dunkler sind als das Basis-Make-up, das deinem Hautteint entspricht. Auf Gesichtspartien, die optisch in den Hintergrund treten sollen, trägst du die dunklere Grundierung auf, Bereiche, die du betonen willst, werden heller grundiert. Anschließend wird das Basis-Make-up auf das ganze Gesicht aufgetragen, die Übergänge zu den dunkel und hell schattierten Partien gut verwischt, sodass keine Ränder mehr zu sehen sind. Wichtig ist, dass das Make-up danach gleichmäßig aussieht. Die schattierten Stellen können zum Schluss gegebenenfalls nochmals korrigiert werden.

Das dreieckige Gesicht
hat eine breite, kastenförmige Stirnpartie, die Wangenknochen sind hoch, nach unten zu verläuft die Kontur in ein spitzes, schmales Kinn.

Das ovale Gesicht
hat ausgeprägte, hohe Wangenknochen, die Kontur verläuft in einer weichen Rundung an der Stirn und zum Kinn. Die Gesichtszüge sind ebenmäßig und schön ausgewogen.

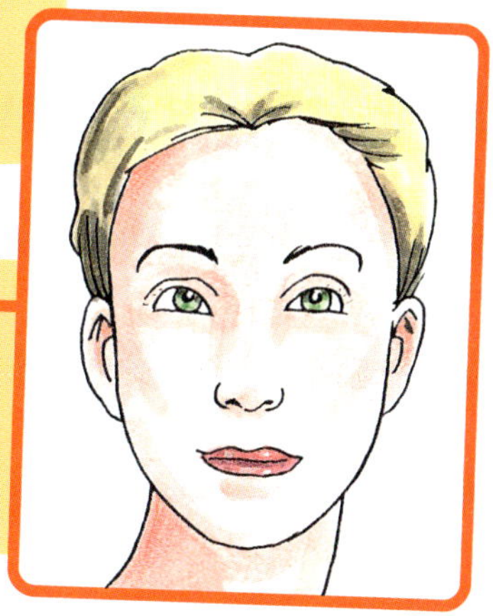

Richtig grundiert

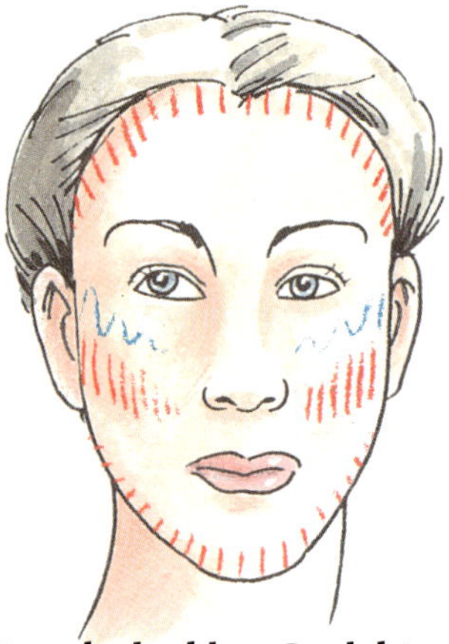

Das dreieckige Gesicht
Die Spitze des Kinns und beide Seiten der Stirnpartie werden dunkler, von den Wangenknochen bis zur Schläfe wird heller schattiert.

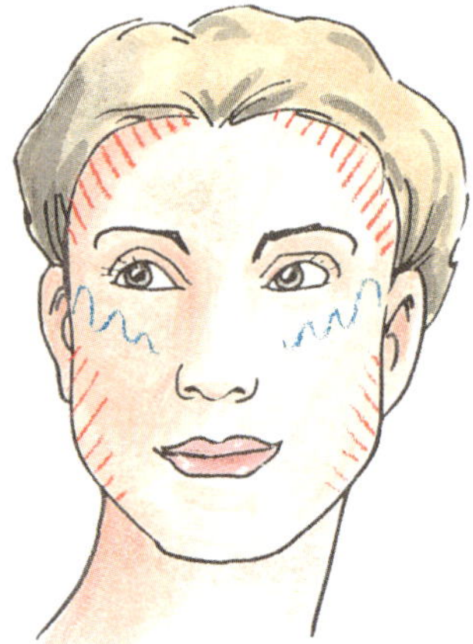

Das eckige Gesicht
Seitlich am Kieferknochen sowie von der Schläfe bis zum Haaransatz dunkel abschattieren. Oberhalb der Wangenknochen aufhellen.

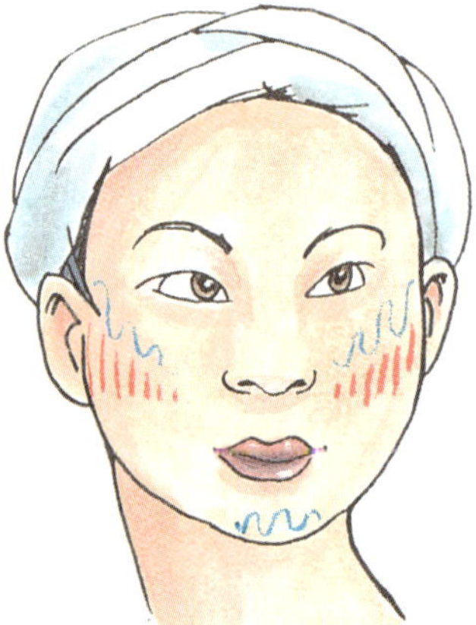

Das runde Gesicht
Dunklere Grundierung unterhalb der Wangenknochen auftragen. Kinnspitze und die Partie entlang der Wangenknochen hell grundieren.

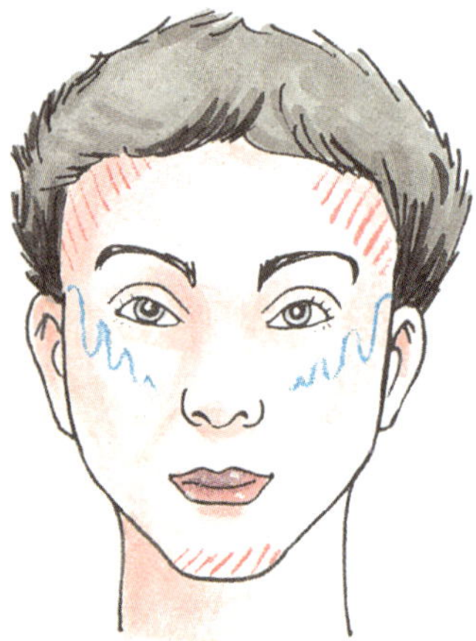

Das längliche Gesicht
Unterkiefer, Stirnansatz und die Stellen unterhalb des Jochbeins dunkel abschattieren. Oberhalb der Wangenknochen wird heller grundiert.

Mit ROUGE modellieren

Nicht nur mit unterschiedlichen Grundierungstönen, sondern auch mit Rouge kann man die Gesichtsform stark beeinflussen.

Das eckige Gesicht

Auf ein eckiges Gesicht setzt man das Rouge tiefer und schattiert seitlich am Wangenknochen entlang. Zusätzlich kann man die breitesten Stellen an Stirn und Kieferknochen abschattieren.

Das längliche Gesicht

Bei einem länglichen Gesicht wird das Rouge auf die Wangenknochen platziert, dabei allerdings nicht zu tief gesetzt.

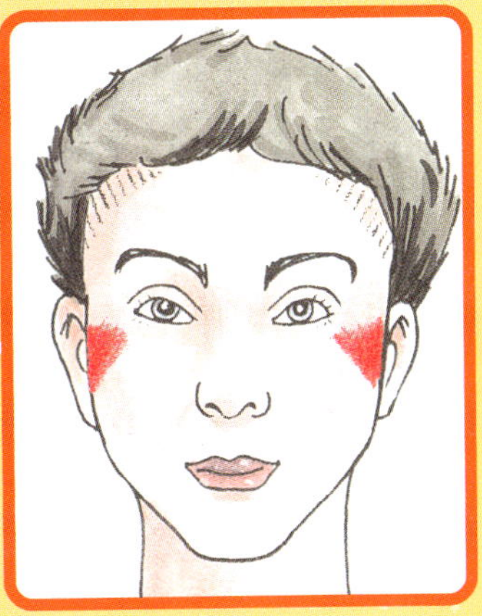

Das dreieckige Gesicht

Rouge auf der breitesten Stelle des Wangenknochens auftragen und bis zum äußeren Augenwinkel leicht auslaufen lassen.

Das runde Gesicht

Mit einem kleinen Rougepinsel unterhalb des Wangenknochens vom Ohr zum Mundwinkel mattes Puderrouge auftragen. Seitlich an den Schläfen bis zur Stirn verlängern.

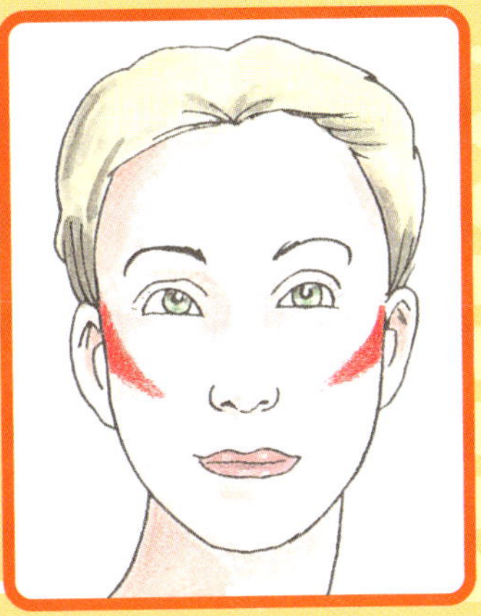

Das ovale Gesicht

Das ovale Gesicht hat die besten Voraussetzungen für variable Schminktechniken. Das Rouge kann hier direkt auf die Wangenknochen gesetzt werden. Ein zusätzlicher Farbhauch auf Stirn und Kinn erfrischt und das Gesicht wirkt weicher. Seitlich unterhalb der Wangenknochen aufgetragen, wird das Gesicht ausdrucksstarker.

SCHMINK-Specials

Licht und Farben

Bevor du beim Schminken in den Farbtopf greifst, solltest du über Licht und Farben Bescheid wissen.
Denn damit das Make-up auch den richtigen Ton trifft, solltest du immer das Licht zum Schminken benutzen, in dem du das Make-up auch trägst. Wenn es also um Tages-Make-up geht, rück den Stuhl ans Fenster. Schmink dich im Kunstlicht für den Abend.
Zu Hause schminkt man sich meist in einem Spiegel mit gelblich- weißem Licht. Das lässt das Gesicht zwar sanft und weich erscheinen, doch im Tageslicht stellt man dann oft fest, dass das Make-up unregelmäßig aufgetragen wurde und immer noch etwas blass wirkt. Bei grauem Himmel darf man unbesorgt etwas kräftiger hinlangen.
Für klares Winterwetter sind Beige- und Brauntöne optimal, weil warme Farbtöne das Gesicht in der Kälte nicht so blass aussehen lassen wie blau- oder rosastichige Farbnuancen. Fürs Abend-Make-up sind sanftere Farben gut.

Bei gelbstichigem Licht verblassen Farben.

In rötlichem Licht wirken alle Make-up-Farben dunkler, grau wirkt z. B. schwarzbraun und Blautöne anthrazit.

Tageslicht ist gnadenlos, es zeigt ein Zuviel oder Zuwenig an Farbe und lässt die kleinste Unregelmäßigkeit erkennen.

Blaues Licht ist kalt und die Farben wirken dunkler.

Grelles Neonlicht ist noch unbarmherziger als Tageslicht: Vorsicht vor zu viel Farbe!

Kerzenlicht ist warm und schmeichelt dem Teint. Es lässt Konturen leicht verschwimmen und dämpft die Farben.

Make-up und Outfit

Noch eine wichtige Überlegung vorab: Make-up sollte mit dem Outfit harmonieren. Überleg dir vor dem Schminken also erst, was du anziehst.

Grün
braucht ergänzend warme Nuancen wie Apricot, Sonnengelb, Kupfer.

Grau
ist die Farbe, die alles erlaubt: klassisch roten Lippenstift genauso wie Pastell-Make-up.

Vorsicht bei Weiß
Die Teintgrundierung darf nicht zu dunkel sein. Optimal ist ein transparentes, helles Make-up, das genau zum Hautton passt. Achtung auch vor zu viel Farbe beim Augen-Make-up. Sanftes Grau oder Braun, bzw. mattes Blau, sieht am besten aus.

Rot
legt dich fest: Lippenstift und Rouge müssen genau auf den Rotton abgestimmt sein. Das heißt aber nicht, dass bei einem knallroten Kleid auch die Lippen knallrot geschminkt sein müssen, sondern dass das Rot des Make-ups in die warme bläuliche Richtung gehen soll. Die Augen werden nur dezent geschminkt.

Schwarz
ist neutral und lässt vieles zu, z. B. ein helles, zartes Make-up mit kräftigen roten Lippen, aber auch kühle Farbtöne

Übrigens:
Die Farbwahl von Outfit und Make-up solltest du natürlich immer auf deinen persönlichen Farbtyp abstimmen (siehe Kapitel 5).

SCHÖNE AUGEN machen ...

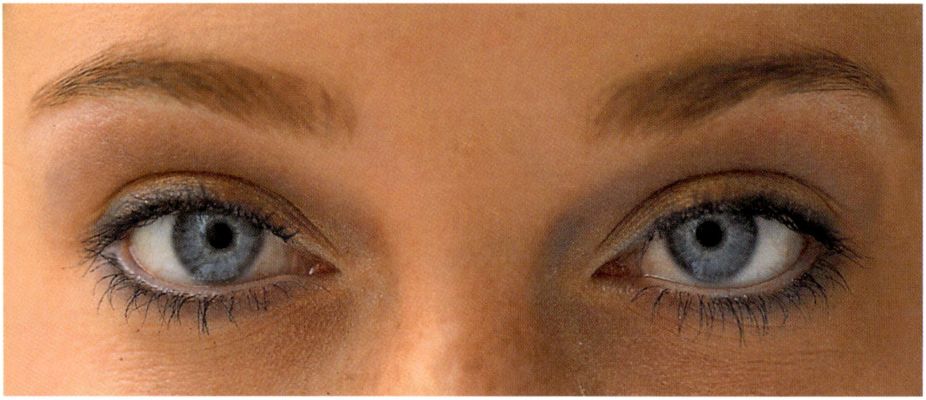

Nichts macht mehr Spaß, als Augen zu schminken. Der Fantasie sind keine Grenzen gesetzt. Ein paar Tricks machen Strahleaugen, zaubern geheimnisvolle Blicke.
Und wenn man bedenkt, dass Jungs einem Mädchen zuerst in die Augen schauen …

Augen-Make-up
Schritt für Schritt:
- Augenbrauen in Form bringen
- Lidstrich ziehen
- Lidschatten auftragen
- Wimpern tuschen

Die Augenbrauen – der richtige Rahmen

Farbe und Form der Augenbrauen beeinflussen den Gesichtsausdruck entscheidend. Schöne, formgerechte Brauen öffnen den Blick – Wildwuchs dagegen gibt dem Gesicht oft einen düsteren Ausdruck. Je nach Trend werden Augenbrauen mal dünner gezupft oder natürlich breit gelassen.

Eine Kunst: Brauen zupfen

Wenn du deine Brauen zupfen möchtest, kämmst du die Härchen mit einem Brauenbürstchen in die gewünschte Form. Die Grundform verläuft im Optimalfall vom inneren Augenwinkel gesehen zwei Drittel ansteigend und ein Drittel abfallend. An der Nasenwurzel ist der breiteste Punkt – nach hinten zu läuft die Braue schmal aus. Am sichersten ist es, in der untersten Härchenreihe vom inneren Augenwinkel nach außen zu zupfen. Immer in Wuchsrichtung der Härchen zupfen und die Haut dabei leicht mit den Fingern spannen.

▶ Die Brauen vor dem Zupfen mit einem Eiswürfel abreiben. Das betäubt die empfindliche Haut leicht und mildert Schwellungen und Rötungen.

Lückenfüller

Manchmal ist es gar nicht die Brauenform, die korrigiert werden muss, sondern es fehlt einfach nur die richtige Betonung, um das Gesicht ausdrucksstärker zu machen. Stell dich ungeschminkt vor einen Spiegel und kämm die Härchen senkrecht nach unten. Die Wuchsrichtung der Braue ist jetzt gut zu erkennen. Sichtbare Zwischenräume werden mit einem farblich identischen Brauenstift ausgefüllt, indem man an der oberen Brauenkante ansetzt und in Wuchsrichtung nach unten strichelt. Anstelle eines Augenbrauenstifts kannst du auch Brauenpuder verwenden.
Dazu gibt's spezielle kleine Pinsel, die vorne abgeschrägt sind und sich bestens zum Lückenfüllen eignen.

Anschließend werden die Brauenhärchen wieder nach oben gebürstet. Wenn deine Haut an den Augenbrauen sehr empfindlich ist, gehe vorsichtig mit Brauenstift und Puder um, sonst kann es zu Reizungen kommen.

Magische Linien

Ein perfekter Lidstrich ist das Grundgerüst des Augen-Make-ups. Lidstriche lassen sich mit Eyelinern, Kajal- oder Kohlestiften ziehen. Probier aus, womit du am besten zurechtkommst.

Mit Kohle und Kajal: bloß keine Zitterpartie

Der exakt geschwungene Lidstrich beginnt im inneren Augenwinkel, verbreitert sich zur Mitte hin etwas und läuft im äußeren Augenwinkel mit einem kleinen Schwung aus. Er gehört möglichst nah an den Wimpernrand. Bei grünen oder dunklen Augen wirkt er in warmem Braun am besten, bei hellen oder blauen Augen in Grau. Trendy und auffällig ist er in Schwarz, Grün oder Blau.

Wusstest du,

dass die Inder und Ägypter die Wirkung des Kajals schon sehr früh entdeckt haben? Er diente nicht nur der Verschönerung, sondern hatte eine viel wichtigere Aufgabe: Dunkle Farbe schluckt das Sonnenlicht. Malt man also schwarz umrandete Augen, so kann man diese auch bei gleißender Sonneneinstrahlung problemlos offen halten.

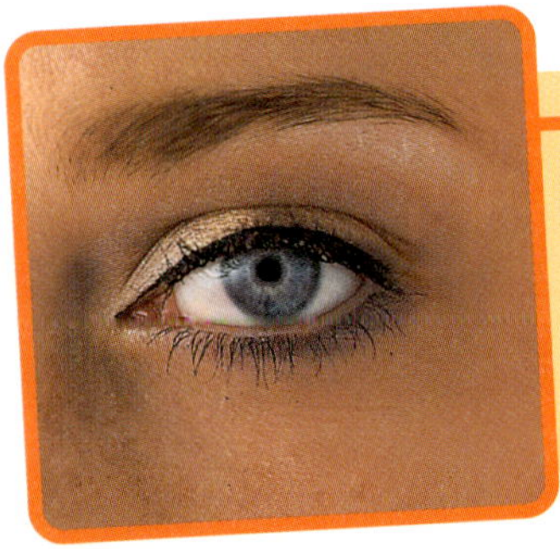

Natürlicher Look

Ganz natürlich wirkt es, wenn ein dunkler, bzw. schwarzer Kajalstrich am oberen Innenlidrand des Auges gezogen wird. Der Kajal hebt die Farbe der oberen Wimpern, sie wirken dichter, die Augen intensiver.

Am Abend

Dunkler Kajal ist perfekt fürs Abend-Make-up. Er intensiviert den Blick, macht Augen geheimnisvoll und ausdrucksstark. Er ist aber nicht für kleine Augen geeignet, da diese Linie zusätzlich verkleinert.

Die Alternative: Flüssig-Eyeliner

Eyeliner kann vor oder nach dem Auftragen des Lidschattens gezogen werden. Zum Auftragen gehört ein bisschen Übung, sonst gibt's zu dicke Striche oder Zitterlinien. Am besten dabei die Arme aufstützen und einen kleineren Spiegel auf den Tisch oder direkt aufs Fensterbrett stellen. Den Pinsel vor dem Auftragen am Flaschenhals abstreifen, damit die Striche nicht zu breit werden. Die Pinselhärchen sollten geschlossen sein und nicht abstehen. Es lässt sich einfacher stricheln, wenn man vorher dicht am Wimpernkranz kleine Pünktchen setzt und sie dann zu einer Linie verbindet. Wer kleine Augen hat, sollte auf den Strich am Unterlid besser verzichten.
Achtung: Nicht zu fest aufdrücken, sonst verwischt der Eyeliner zu sehr.

▶ **Soft-Line:** Der Lidstrich wirkt weicher, wenn man ihn mit einem spitzen, feinen Pinsel, der zuvor in dunklen Lidschatten getaucht wurde, nachfährt.

Auftragetechnik

Lid mit dem Finger leicht spannen, Pinsel am inneren Augenwinkel ansetzen und am Wimpernrand entlang nach außen fahren. Den Eyeliner ein paar Sekunden trocknen lassen, Linie ein zweites Mal nachziehen.

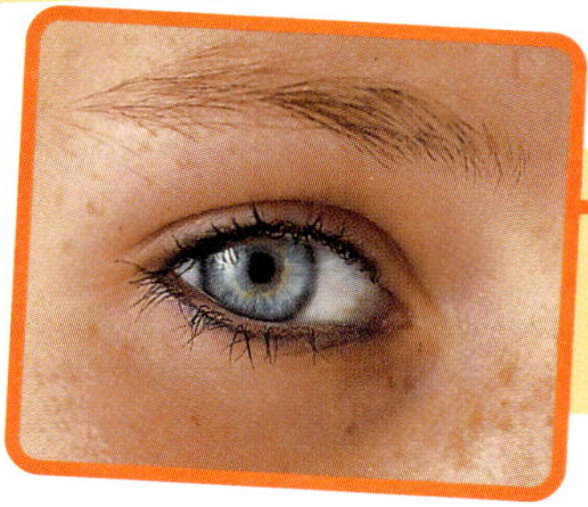

Volle Wimpern

Ein dünner Lidstrich lässt Wimpern in erster Linie voller aussehen.

Am Unterlid wirken Flüssig-Eyeliner oft zu hart. Wer auf den unteren Strich nicht verzichten möchte, zieht den Lidrand unten von innen nach außen mit Kajalstift nach.

Bringt Farbe ins Spiel: Lidschatten

Lidschatten bringt die Augen strahlend zur Geltung und setzt farbliche Akzente in glänzenden, glitzernden, in kräftigen, metallischen oder matten Tönen. Je nach Trend wechseln Farben und Intensität.

Creme, Puder, Stift?

Lidschatten gibt es als Puder, Creme oder Stift. Der **Puder** wird mit einem Applikator (Schwämmchen aus Schaumstoff) auf dem Lid verteilt. Nicht gleich zu viel davon aufnehmen, sonst staubt er. Vom **Cremelidschatten** einen Tupfer auf den Handrücken geben, etwas mit der Fingerkuppe aufnehmen und sanft auf das Lid streichen. Mit dem **Stift** geht man direkt aufs Lid.

Geschickt auftragen

Der Lidschatten wird bis zur Lidfalte aufgetragen. Angesetzt wird in der Lidmitte, dann lässt du die Farbe schräg über den äußeren Augenwinkel dunkler auslaufen. Der innere Augenwinkel wird schwächer nuanciert. Achte darauf, dass die Konturen keine harten Ränder haben und immer soft verwischt werden.

Die Farbwahl:
Um die Augenfarbe zu betonen, ist eine Farbe, die im Kontrast zur eigenen Augenfarbe steht, optimal. Das macht klare, strahlende Augen.
Für **braune Augen** sind Blau- und Lilatöne schön.
Für **blaue und blaugraue Augen** eignen sich Braun- und Pfirsichtöne.
Hellbraune und grüne Augen strahlen mit dunkelgrauen und rostroten Nuancen.

Wenn die Wimpern klimpern

Wimperntusche ist ein Muss, wenn Wimpern dicht und voll aussehen sollen. Mascara bringt den Schwung und den dunklen Ton, den Wimpern von Natur aus meist gar nicht haben. Wimperntusche soll die Härchen auch pflegen, deshalb ist sie mit Pflegestoffen angereichert. Es gibt sie farblos – rein zur Pflege, für glänzende, geschmeidige Wimpern sowie wasserfest, schwarz und knallbunt für effektvolle Strahleaugen.

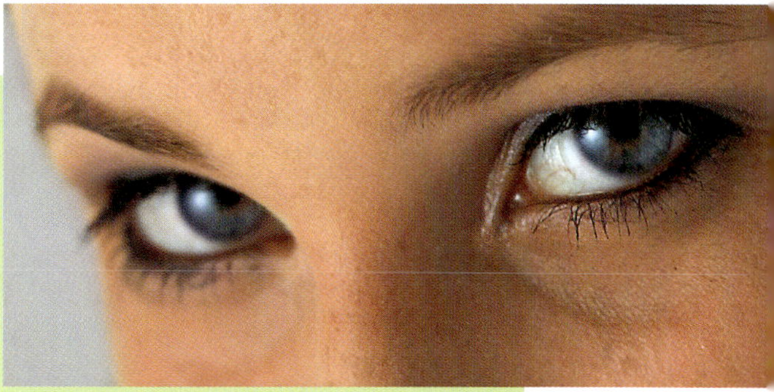

Ein gekonnter Wimpernschlag sagt oft mehr als viele Worte.

▶ Tuschepatzer kannst du mit einem in fettfreien Augen-Make-up-Entferner getauchten Wattestäbchen abnehmen.

Richtig tuschen

Vor dem Tuschen nimmst du die überschüssige Mascara auf dem Bürstchen mit einem Kosmetiktuch ab. Das Bürstchen quer zum Auge halten, unterhalb des oberen Wimpernkranzes anhalten und in die Spitzen ziehen, so dass die gesamte Wimpernlänge erreicht wird. Die kleinen, feinen Härchen in den Augenwinkeln ebenfalls sorgfältig tuschen, denn sie machen das Auge groß und strahlend. Beim Tuschen der oberen Wimpern leicht nach unten schauen. Auch die Wimpern am Unterlid tuschen. Zusammengeklebte Härchen unmittelbar nach dem Tuschen mit einem Kämmchen trennen, bevor die Tusche trocknet.

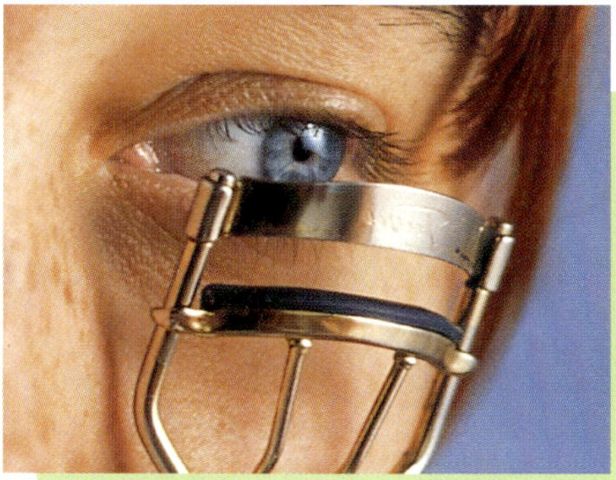

Für mehr Schwung
Extrem gerade Wimpern bekommen mit der Wimpernzange den richtigen Aufschwung. Die Wimpern aber immer nur vor dem Tuschen in Form biegen, niemals danach, sonst reißen oder brechen sie. Die Wimpernzange nicht zu fest zudrücken, sonst gibt´s einen Knick. Zange vollständig öffnen, bevor sie vom Auge genommen wird. Am besten nicht öfter als zweimal die Woche formen.

Augenformen kaschieren

Du findest, deine Augen könnten besser dreinblicken? Kein Problem, mit ein paar einfachen Tricks können Augenformen optisch korrigiert werden. Mehr als Lidschatten und Highlighter, das ist heller Lidschatten oder Creme, brauchst du dazu nicht.

Das lohnt sich:

Nimm dir mal die Zeit und teste verschiedene Schattierungen aus. Wenn du jedes Auge anders schminkst, wird dir der Unterschied schnell klar werden. Bedenke, dass harte Linien optisch verengend wirken und abgrenzen. Dünne Linien sind vorteilhafter und wirken softer, wenn sie anschließend mit einem Puderlidschatten oder einem Wattestäbchen verwischt werden.

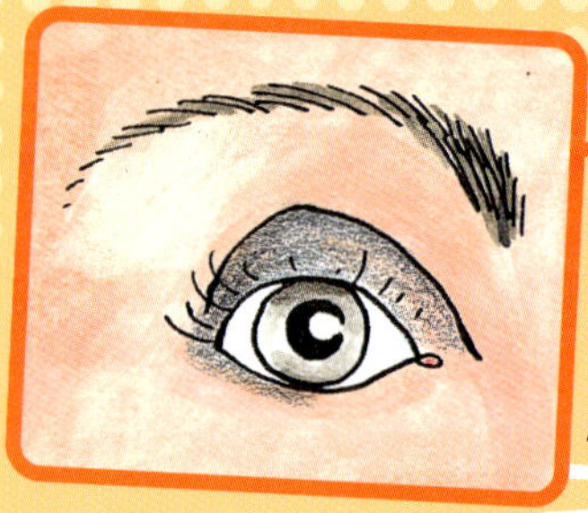

Vorstehende Augen

werden mit einem unauffälligen dunklen Schatten am gesamten Oberlid kaschiert. Er zieht sich im Bogen bis zur Unterlidmitte. Außen an der Seite, unterhalb der Augenbraue, wird Highlighter gesetzt.

Eng stehende Augen

Mit Lidschatten und Highlighter wird das äußere Augendrittel betont. Absolut verboten sind bei dieser Augenform Augenbrauenhärchen, die bis zur Nasenwurzel hin wachsen.

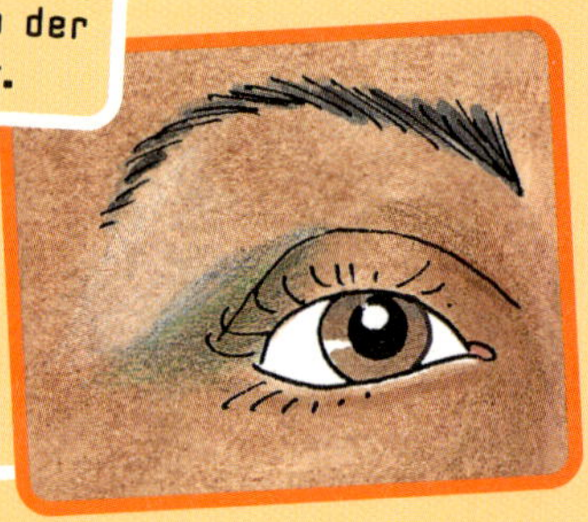

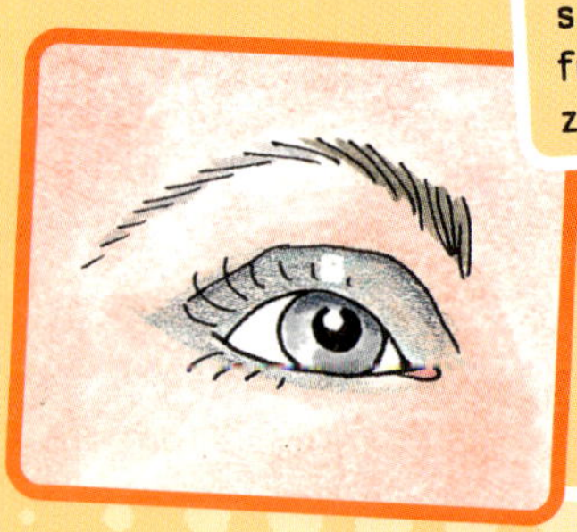

Kleine Augen

wirken durch einen Glanzpunkt größer. Dazu wird auf dem normalen Eyeshadow auf dem Lid per Punkt ein Highlight gesetzt.

Weit auseinander stehende Augen

Hier spielt die Form der Augenbrauen auch eine große Rolle. Über der Nase darf nicht zu viel weggezupft werden, das entfernt die Augen noch weiter. Lidschatten wird im inneren Augenwinkel etwas dicker aufgetragen und flach zur Augenmitte hingezogen. Diese Technik rückt die Augen optisch zusammen.

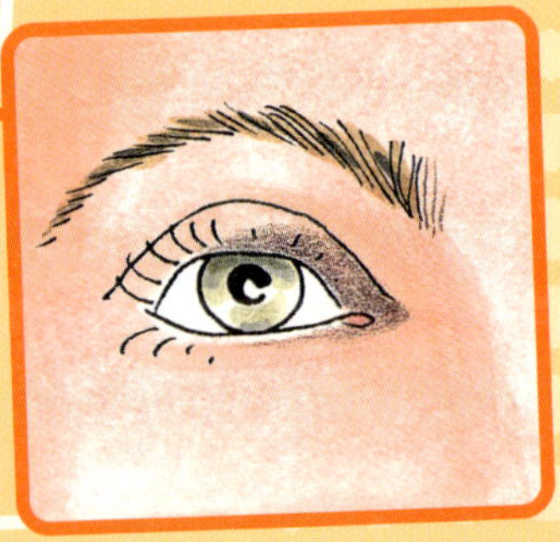

Tief liegende Augen

Hellen Lidschatten bis über die Lidfalte hinaus auftragen. Oberhalb der Lidfalte einen schmalen, etwas dunkleren Schatten setzen und weich verwischen. In die Mitte des Brauenbogens, direkt unterhalb der Augenbrauen, setzt man Highlighter.

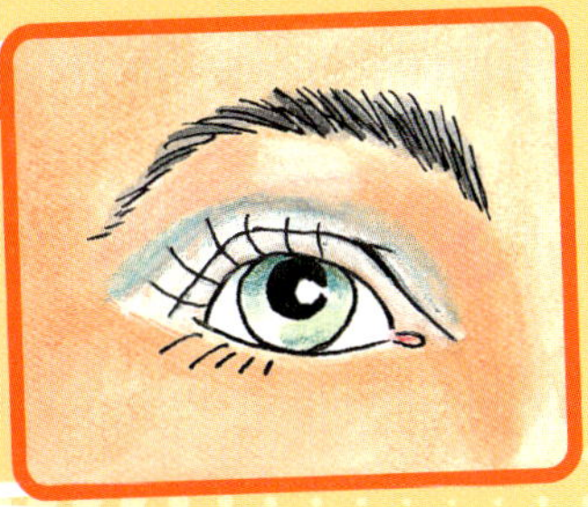

Runde Augen

kannst du verlängern, indem du dunklen Lidschatten über den äußeren Augenwinkel hinaus und nach oben bis zum Knochen flächig aufträgt.

Schmale, lange Augen

wirken runder, wenn das sichtbare Lid sowie die Lidfalte dunkel schattiert werden. Hier wird der Lidschatten auch am unteren Lid verteilt.

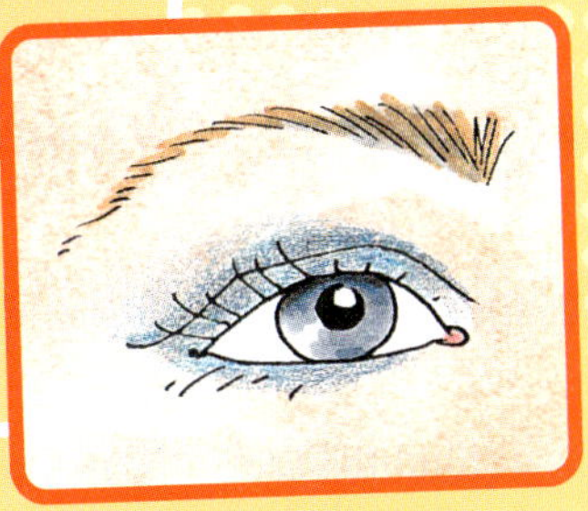

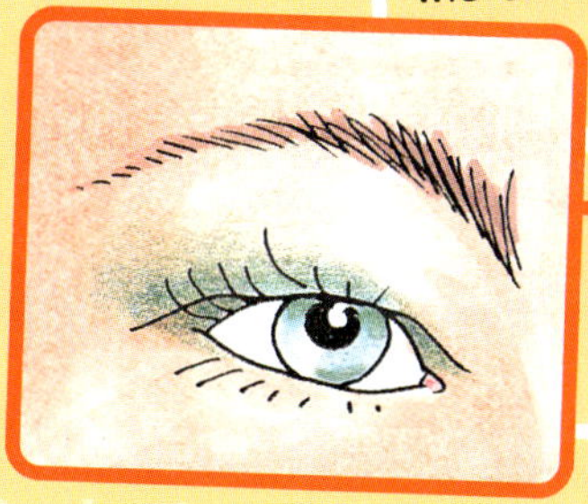

Schlupflider

Lidschatten vom Brauenende aus flächig bis in die Lidfalte abschattieren.

Mal was Besonderes?

Für Katzenaugen werden die oberen Wimpern während des Tuschens etwas schräg zur Seite gebürstet und die Wimpern im äußeren Augenwinkel besonders kräftig betont.

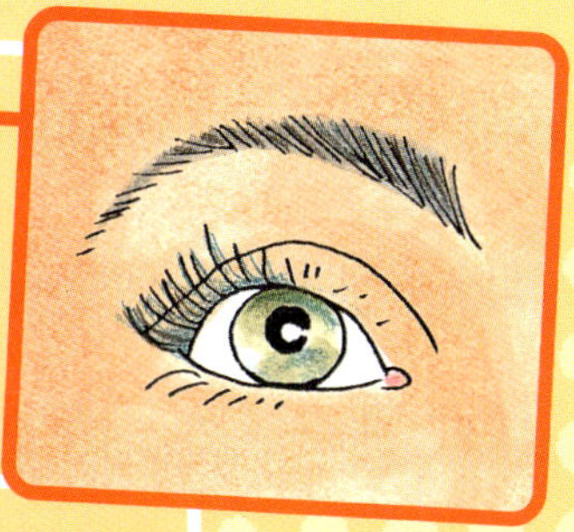

Welches Mascara-Bürstchen ist richtig?
Große Bürstchen eignen sich besser für lange Wimpern. Wachsen die Wimpernhärchen kurz und spärlich, sind Bürsten, deren Borsten zwar dicht stehen, aber nicht zu lang sind, besser.

Noch ein Trick:

Raffinierte Blicke gibt´s, wenn farbige Mascara nur auf die obere Wimpernreihe aufgetragen und die untere schwarz getuscht wird.

Wie VERFÜHRERISCH – ein toller MUND

Nichts ist schöner und erotischer als ein perfekt geschminkter Mund. Er ist Blickpunkt und wirkt betörend.

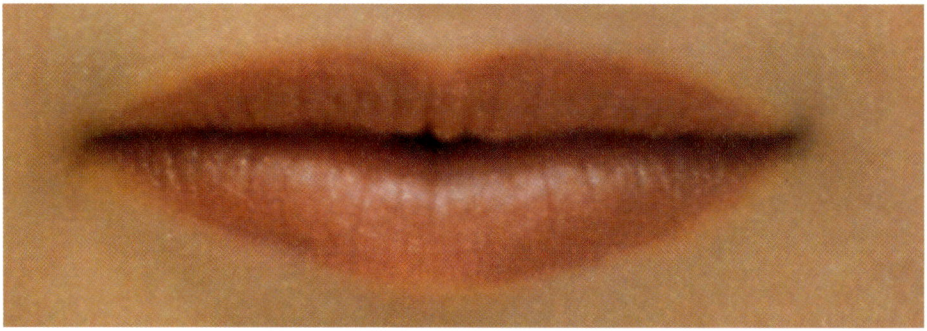

Lippenstift und Konturenstift

Mit dem Lippenstift kannst du die eigene Lippenfarbe intensivieren, die Form des Mundes betonen, verführerische Akzente setzen oder einfach nur empfindliche Lippen schützen und pflegen. Mit den Konturenstiften (Liplinern) lässt sich die Form des Mundes beeinflussen.

Auf die Farbe kommt es an

Der Effekt des Lippenstifts hängt wesentlich von der richtigen Farbwahl ab. Auffallend dunkle Töne verkleinern den Mund, während ihn helle, glänzende Farben größer wirken lassen. Bei der Farbwahl spielt aber auch der eigene Farbtyp eine wichtige Rolle. Leuchtende Farben sind geeignet bei intensiver Haar- und Gesichtsfarbe, während bei helleren Typen weiche Nuancen angebracht sind.

So schminkt der Profi:

1. Vor dem Lippenschminken etwas Teintgrundierung auftragen. Allerdings nur dann, wenn auch das gesamte Gesicht geschminkt ist.
2. Lippen vorzeichnen: Mit einem Lipliner die Konturen nachmalen. Man kann ihn genau in der Lippenstiftfarbe oder etwas dunkler wählen.
3. Lippenstift in der Mitte der Oberlippe ansetzen und jeweils zu den Mundwinkeln ziehen. Die Unterlippe von einem Winkel zum anderen ausmalen.

Schminktechnik für verschiedene Lippenformen

Schmale Lippen

Den Konturenstift am äußeren Lippenrand auftragen. Glänzende und kräftige Farben verwenden.

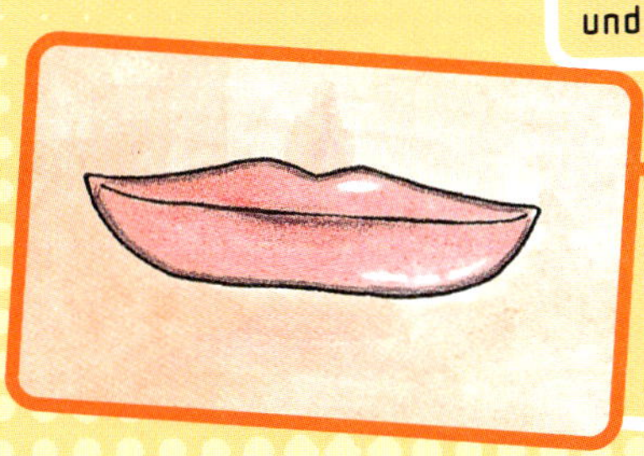

Breite Unterlippe

Sie wird optisch kleiner, wenn die Mundwinkel beim Konturieren ausgespart werden. Die Oberlippe wird voll ausgemalt.

Colouring Kisses

Ca. 8,4 Milligramm Lippenstift kommen bei jedem Auftragen auf die Lippen, die Hälfte davon wird aufgegessen, der Rest verbleibt auf Gläserrändern oder auf den Lippen und Wangen anderer.

Volle Lippen

wirken schmaler, wenn man Teintgrundierung so aufträgt, dass sie die Lippenkontur leicht abdeckt. Dann die Konturen direkt innerhalb des natürlichen Lippenrandes nachziehen.

Breiter Mund

Hier ist es vorteilhaft, die Kontur am inneren Lippenrand zu ziehen und die Mundwinkel dabei auszusparen.

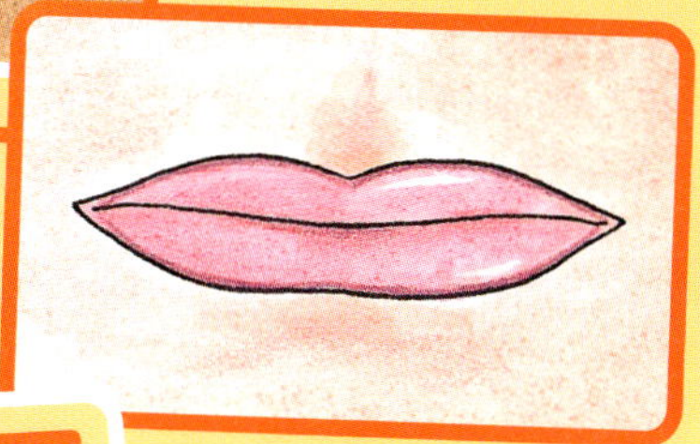

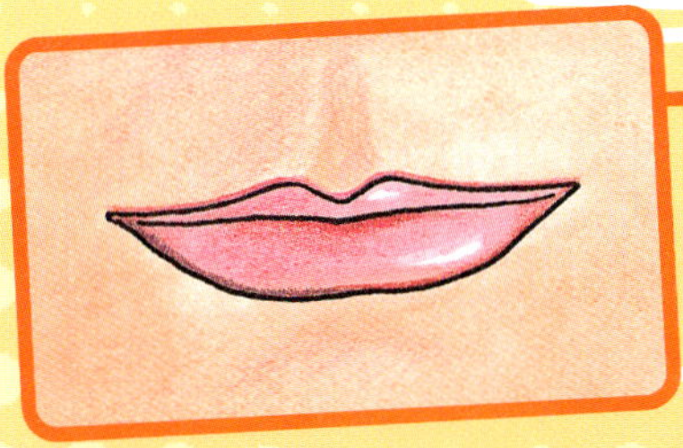

Schmale Oberlippe

Die Kontur an der Oberlippe mit dem Lippenkonturenstift am äußeren Rand, bei der Unterlippe am inneren Rand nachziehen.

▶ Wer keinen Lippenstift mag, für den ist Gloss eine tolle Alternative. Gloss pflegt nicht nur die zarte Lippenhaut, sondern betont ganz natürlich den Mund und lässt die Lippen noch dazu verführerisch glänzen.

Wichtig:

Damit die Lippen nicht rau und rissig sind, werden sie vor dem Schminken mit einer weichen Zahnbürste leicht kreisend bearbeitet. Das löst kleine Hautfetzen und fördert die Durchblutung. Anschließend einen Tupfer Honig, Pflegestift oder Feuchtigkeitscreme auftragen.

NASEN perfekt KASCHIERT

Deine Nase passt dir nicht? Du findest sie zu lang, zu groß, zu klein? Da kann man was machen – hier findest du ein paar Tricks. Aber denk auch dran: Eine markante Nase verleiht Individualität.

Stubsnase

Auf dem höchsten Punkt der Nase einen Tupfer dunklere Grundierung auftragen, darüber einen Tupfer hellere Grundierung oder Puder geben.

Breite Nase

Beide Nasenseiten werden bis auf eine fingerbreite Partie am Nasenrücken bis auf Augenhöhe dunkel abschattiert. Zum Schluss transparent überpudern.

Höcker

Den Höcker dunkler abschattieren, den Übergang sanft verwischen, Nase nochmals überpudern.

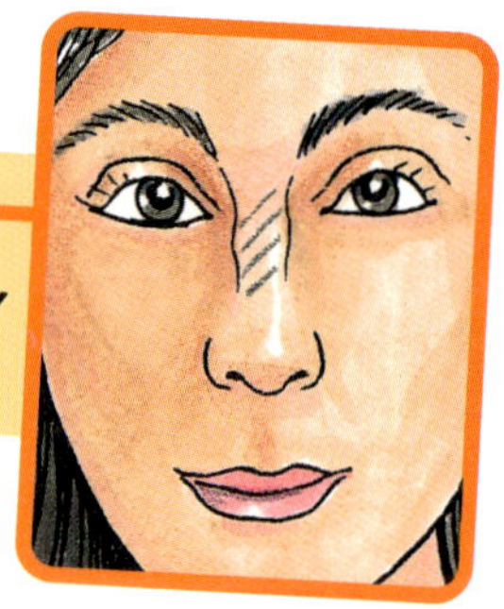

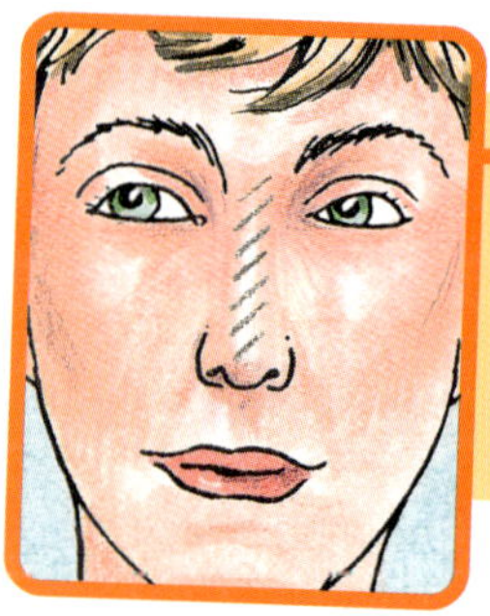

Schmale Nase

Den Nasenrücken dunkler abschattieren. Die Seiten werden zwei Töne heller grundiert und zwar von der Nasenwurzel über den Nasenflügel.

Spitze Nase

Ist die Nase spitz, aber nicht zu schmal, bekommt sie einen Tupfer dunklere Grundierung, dunkleren Puder oder einen Hauch Rouge auf die Nasenspitze.

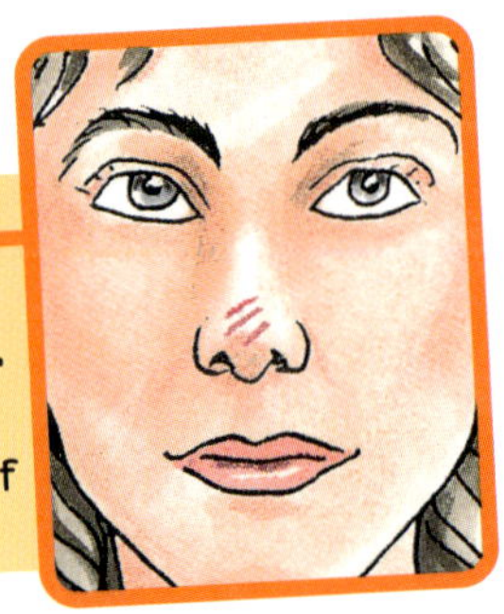

Breiter Nasenansatz

In Augenhöhe wird der Nasenansatz seitlich mit dunkler Grundierung ca. $1/2$ cm breit abschattiert; Übergänge sanft verwischen.

BRILLEN & CO

Brillen sind modisch top. Nerv dich also nicht, wenn du eine Brille tragen musst, denn das passende Gestell kann deinen Typ richtig zur Geltung bringen.

Schmink-Tipps für Kurzsichtige: Vorteilhaft sind helle, intensive Farbnuancen und viel schwarze Wimperntusche. Das vergrößert die Augen optisch. Vermeide alles, was die Augen kleiner macht, wie dunkle Eyeliner-Farben.

Für **Kurzsichtige** sind Brillen mit zarter Metallfassung oder randlose Modelle optimal. Für **Weitsichtige** bieten sich große Fassungen an.

Brillen & Gesichtsformen

Das dreieckige Gesicht braucht kleine, runde Brillen aus Metall und dezente Schmetterlingsformen.

Das ovale Gesicht kann praktisch alle Brillenformen tragen: rund, eckig, oval oder schmetterlingsförmig.

Das runde Gesicht Hier sind eckige, markante oder leicht schmetterlingsförmige Brillen von Vorteil.

Das lange Gesicht braucht runde und länglich- ovale Brillen. Brillenmodelle mit schmalem Rand oder randlose sind ideal.

Schmink-Tipps für Weitsichtige: Auf Lidschatten mit starkem Perlmutschimmer oder satte, kräftige Farben verzichtest du besser. Matte, zarte Töne sind am Auge unauffälliger. Auch der Lidstrich darf nur sehr dünn gezogen werden. Ton-in-Ton-Nuancen sind super.

Kontaktlinsen: Achtung beim Schminken

Kontaktlinsenträgerinnen müssen beim Schminken vorsichtig sein. Make-up-Brösel oder Puderstaub im Auge werden von Linse und Auge sehr übel genommen!

Generelle Regeln für Linsenträgerinnen:

Bei der Verwendung von Cremes die Augenumgebung großzügig aussparen. Lieber mal eine Augenmaske machen – natürlich ohne Linsen!

Achtung vor losem Gesichtspuder! Sind die Linsen im Auge, keine Puderwolken ins Gesicht stäuben!

Wimpern immer vor dem Einsetzen der Linsen tuschen – egal ob harte oder weiche Linsen.

Flüssige oder cremige (keine pudrigen) Lidschatten verwenden, sie stauben nicht. Wimpernansatz beim Schminken aussparen.

Kajal im Lidrand setzt sich garantiert im Auge ab! Ein normaler Lidschattenstift, der unterhalb des Wimpernansatzes aufgetragen wird, ist die bessere Alternative.

Vorsicht vor zu fettigem Make-up.

Vor dem Abschminken die Kontaktlinsen rausnehmen.

▶ In Apotheken und Optikerläden gibt es Spezialkosmetik für Kontaktlinsenträgerinnen und Menschen mit empfindlichen Augen.

Body-Style

Körperkultur von Kopf bis Fuß – dezent oder schrill, natürlich oder spacig. Hier zeigt frau ebenso Individualität wie beim Make-up, demonstriert ihren Typ und experimentiert mit Farben und Moden.

Gepflegte Hände sind deine Visitenkarte, du kannst sie nicht verstecken. Sie brauchen besondere Pflege. Und crazy nails sind der Blickpunkt par exellence!

Wer träumt nicht von langen, schlanken Beinen? Doch auch wer von der Natur nicht so begünstigt wurde, kann sexy legs zeigen.

Wer noch stärker ins Auge fallen will – kein Problem. Piercing, Bodypainting, Tattoos – dieser Körperschmuck ist längst zum Kult geworden und wer megain sein will, der trägt ihn.

SCHÖNE HÄNDE

… sind mit Sicherheit keine Glücksache. Doch werden sie – wie die Füße – oft sträflich vernachlässigt und bei der Bodypflege regelrecht vergessen. Dabei sind sie ständigen Belastungen ausgesetzt: Sonne, Wasser, Wind, aber auch Seife haben akuten Feuchtigkeitsmangel zur Folge. Die Haut wird rissig, rot, faltig, die Nägel brüchig und stumpf. Da hilft nur eins: Die Hände nach jedem Kontakt mit Wasser gründlich abtrocknen und mit Allzweckcreme eincremen.

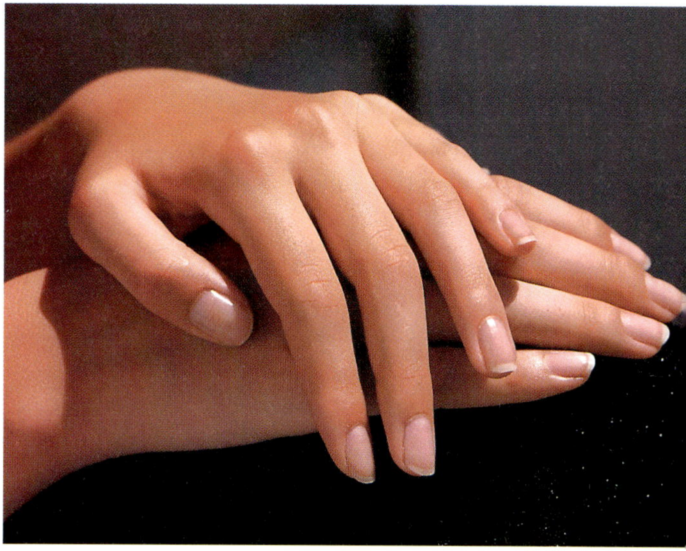

Die besten Tipps & Schönmacher

Für kalte Hände

Wechselbäder sind ideal. Du brauchst eine kleine Schüssel mit heißem und eine mit kaltem Wasser. Ins heiße Wasser ein paar Tropfen ätherisches Öl (Pfefferminze oder Eukalyptus) einträufeln. Das fördert die Zirkulation. Hände fünf Minuten ins heiße, dann 30 Sekunden ins kalte Wasser tauchen. Wiederholen, dabei den Vorgang immer mit kaltem Wasser beenden.

Hilfe bei Schwitzhänden

Nach dem Händewaschen die Handflächen mit einem Deokristall einstreichen.

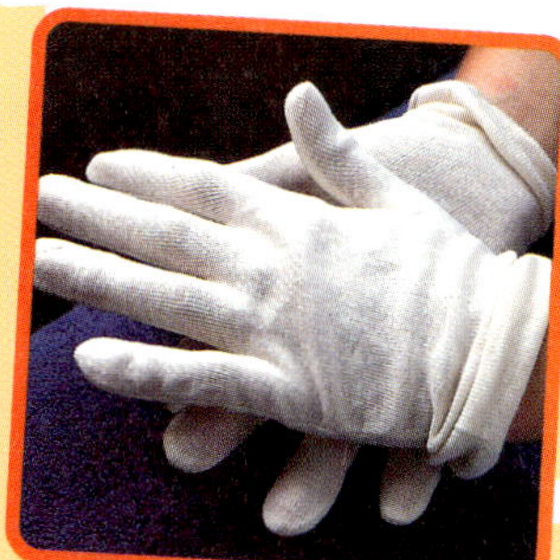

Reibeisenhände?

Eine Fettcreme oder Olivenöl ganz dick auf die Hände auftragen. Baumwollhandschuhe drüberziehen und über Nacht einwirken lassen.

Zum Händewaschen

immer eine gute Seife verwenden. Ideal ist Babyseife.

Handgymnastik

Mit den Händen kann man auch turnen. Das stärkt die Muskulatur und macht sie beweglicher. Gelegenheit gibt es immer. Die Übungen solltest du möglichst oft machen.

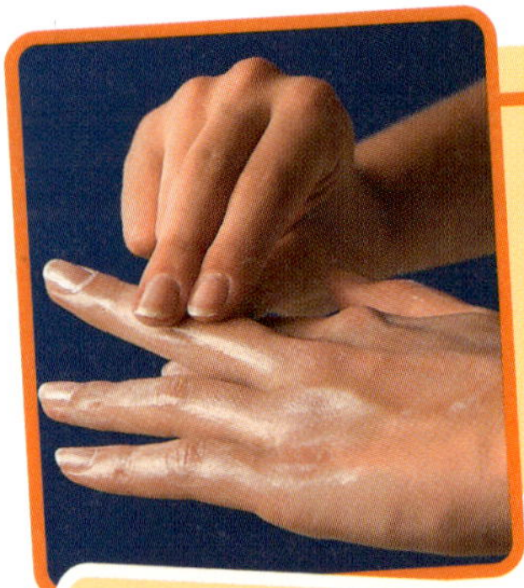

Massage

Beim Eincremen der Hände jeden Finger einer Hand mit Daumen, Zeige- und Mittelfinger der anderen umfassen und kräftig von der Spitze Richtung Handgelenk streichen.

Durchblutung

Handflächen aufeinander legen und zwei Massagekugeln dazwischen kreisen lassen. Aktiviert die Akupunkturpunkte.

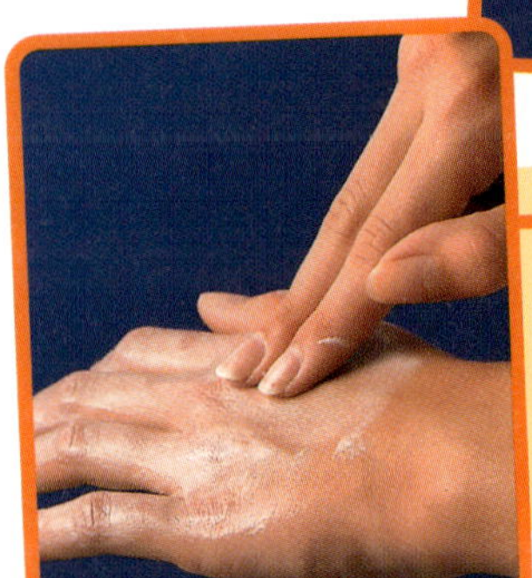

Relaxed

Handrücken und Finger (von den Fingerspitzen Richtung Handrücken) in kreisenden Bewegungen massieren.

Die 5-Punkte-Gym

1. Handflächen aufeinander legen, Fingerspitzen fest zusammendrücken und die Handflächen in schnellem Wippen öffnen und schließen.

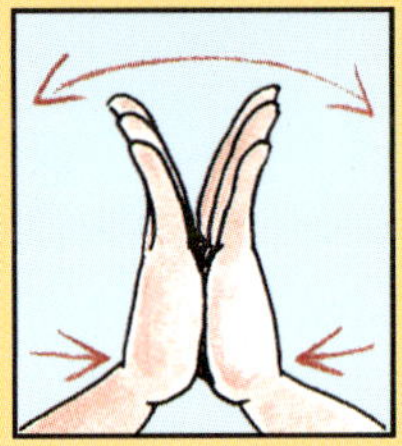

2. Versuche bei fest aneinander gedrückten Handflächen die Finger nach außen zu biegen.

3. Finger nach oben strecken und den Daumen jeder Hand jeweils eine Minute abwechselnd nach links und rechts kreisen lassen und dann gegen die Handfläche drücken.

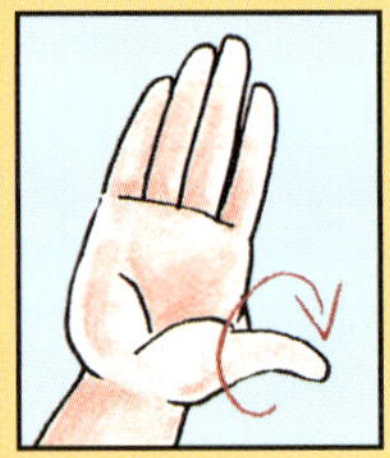

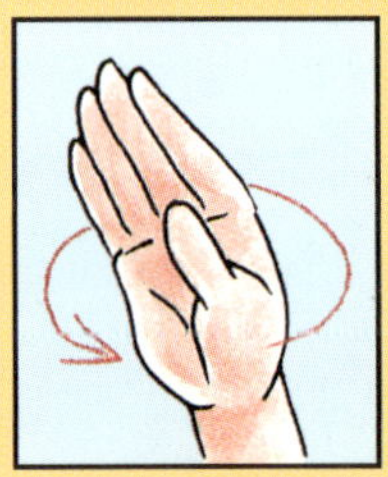

4. Hände links- und rechtsherum kreisen lassen. Danach mehrere Male nach unten und oben anwinkeln.

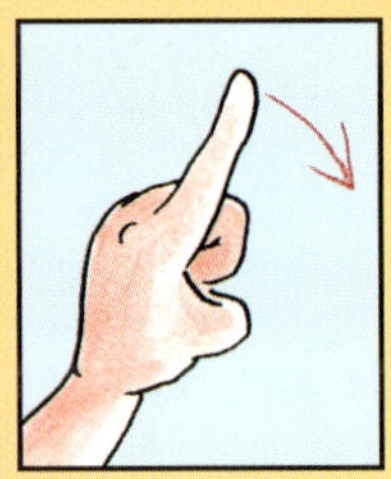

5. Jeden einzelnen Finger zehnmal strecken und beugen.

NAIL ART

Extravagant oder pflegeleicht – wie sollen deine Nägel sein? Grundlage ist in jedem Fall eine sorgfältige, regelmäßige Maniküre.

Das brauchst du dazu:
Nagellackentferner, Watte, Holzstäbchen oder Stäbchen mit Gummifüßchen, Seifenwasser, angesetzt in einer Schale mit einigen Tropfen Olivenöl und Zitrone, Feilen, Unterlack, Nagellack, Überlack, nach Wunsch Nagelhärter, Nagelhautentferner, Weißstift

Perfekte Maniküre

Gepflegte, saubere Fingernägel sind das A und O schöner Hände. Wenn du einmal wöchentlich eine halbe Stunde investierst, bleiben die Nägel top in Form.

1 Mit Nagellackentferner und Wattebausch Lackreste entfernen.

2 Nägel in Form feilen, dabei immer von außen zur Nagelmitte hin feilen; niemals hin und her feilen, sonst splittern die Nägel.

3 Die Finger jetzt ein paar Minuten im vorbereiteten Seifenwasser baden. Macht geschmeidig und reinigt die Haut. Gut abtrocknen und Schmutzreste unter den Nägeln mit dem Holzstäbchen entfernen.

4 Nagelhaut zurückschieben: Benütze dazu das Holzstäbchen und umwickle die Spitze mit etwas Watte. Rissige oder abgestorbene Hautpartikel rund um den Nagel lassen sich mit Nagelhautentferner problemlos lösen.

5 Unterlack dient dazu, den Nagel vor Verfärbung zu schützen. Lege die Hand mit gespreizten Fingern auf eine feste Unterlage und trage den Unterlack auf.

6 Eine Stunde Pause – dann kommt der Nagellack. Wie du ihn professionell aufträgst, kannst du auf Seite 94 nachlesen.

▶ Wer auf farbigen Nagellack verzichten will, kann die Nagelspitzen mit dem Weißstift ganz natürlich betonen, indem mit ihm nur die Unterseite der Nägel nachgemalt wird. Klarlack auf der Nageloberfläche sorgt für schönen Glanz.

Lackieren wie die PROFIS

Keine Panik, ein guter Nagellack ist keine Strapaze für den Nagel, sondern pflegt und schützt ihn. Und natürlich sieht er auch super aus.

Wichtig:

1. Die Nägel sollten fettfrei und trocken sein, sonst splittert der Lack später wieder ab. Nach dem Baden besser eine Stunde warten.
2. Weiche Nägel zuerst mit einem Härter schützen. Er verhindert das Einreißen und Abbrechen. Der Unterlack als nächste Schicht gleicht Unebenheiten der Nageloberfläche aus und verhindert ein Verfärben des Nagels durch farbintensiven Lack. Gut trocknen lassen.

Lackieren – step by step

1 Flasche schütteln. Pinsel nach dem Eintauchen am Flaschenhals abstreifen, um überschüssigen Lack zu entfernen.

2 Pinsel auf der Mitte des Fingernagels ansetzen, damit Nagelhaut und Nagelrand nicht mit Lack überschwemmt werden. Den Pinsel jetzt langsam zum Nagelrand schieben.

3 Nun ohne abzusetzen den Pinsel mit leichtem Druck zur Nagelspitze ziehen.

4 Mit dem Restlack, der auf dem Pinsel verblieben ist, die Seiten ausstreichen.

5 Die erste Schicht gut trocknen lassen. Mit kurzem Antippen – Nagel auf Nagel – stellst du fest, ob der Lack noch klebt. Wenn ja, wartest du, bis er vollständig trocken ist. Dann erst die zweite Schicht auftragen.

6 Lack-Patzer mit einem Korrekturstift entfernen. Tut´s auch: Q-Tip in Lackentferner getaucht oder ein Holzstäbchen, fest mit etwas Watte umwickelt und in Entfernerlösung getränkt.

Lackfarben auswählen

Der Lack sollte passend zum Hautton ausgesucht werden. Hat der Teint einen gelblichen Ton, sind warme Lachs-, Rot- und Orangetöne schön. Ist die Haut rosig, passen blaustichige Lacke, wie Pink, Aubergine, bläuliches Rosa. Auch die Nagelform spielt eine große Rolle. Zu kleinen, kurzen Nägeln passen keine intensiven Farbtöne. Helle Nuancen sehen dazu schöner aus. Lange Nägel vertragen dunkle, kräftige Farben.

Crazy NAILS

French-Nails

Unterlack auftragen, dann die Nagelspitzen mit weißem Lack bestreichen. Anschließend mit blassem Apricot oder Rosé den ganzen Nagel (inklusive der weißen Spitzen) in einer Schicht übermalen. Als Finish Überlack aufpinseln.

Day-Look

Tagsüber sollten die Farben nicht allzu auffällig sein. Dezente, pastellige Töne, wie Rosa- oder Beigenuancen, wirken natürlicher. Oder ganz einfach nur mit Klarlack glossen.

Black & White

Jeden Nagel abwechselnd in Schwarz und Weiß lackieren.

Goldfinger

Ein Goldnagel aus Metall zum Aufkleben ist der Party-Hit.

Party-Look

Auf den feuchten Lack Glitter streuen und mit Klarlack fixieren. Erste Schicht immer gut trocknen lassen. Dabei kann mit ausgefallenen Farben in Glitter- oder Glamour-Look, Metallic, edlem Gold oder Silber experimentiert werden.

Nagel-Tattoos

Es gibt sie in verschiedener Form zum Aufkleben.

Nail-Highlights

Kleine Strasssteinchen mit der Pinzette auf den noch feuchten Lack setzen und gut trocknen lassen.

Tipps und Tricks

Richtig ablackieren
Beim Lackentfernen einen Wattebausch in acetonfreien Nagellackentferner tränken und den Lack von der Nagelhaut zur Nagelspitze hin abwischen. Nicht umgekehrt, sonst verfärbt der Lack die Haut!

Splitter-Nägel bessern sich, wenn man ihnen einmal pro Woche ein lauwarmes Olivenölbad gönnt.

Verfärbte Nägel werden durch ein Stück Zitrone wieder schön gebleicht und die Nagelhaut wird außerdem wunderbar zart.

Weiche Nägel werden durch Nagelhärter mit Kalzium gestärkt. Er füllt Rillen, ersetzt den Unterlack und schützt ebenfalls vor Verfärbungen farbintensiver Nagellacke.

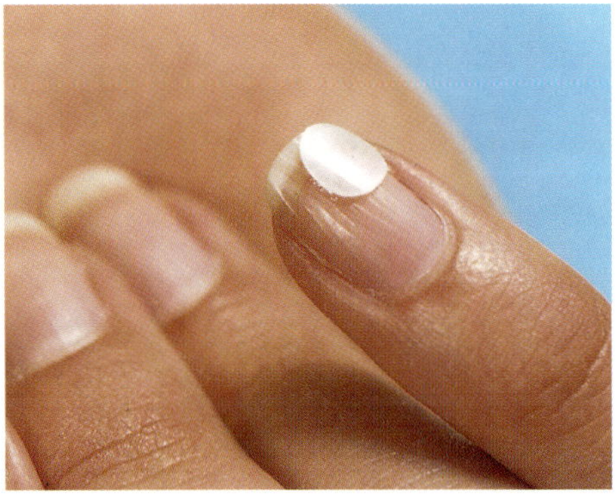

Bierhefetabletten, Multivitaminpräparate, Kieselerde, Gelatine oder das Vitamin Biotin sind gute Helfer, um kranke Fingernägel wieder zu festigen und zu stabilisieren. Auch Kalzium in Milchprodukten macht feste Nägel.

Die Nagelhaut nie mit einer Feile zurückschieben oder abschneiden. So entstehen Verletzungen und Entzündungen, die das Wachstum des Nagels stören. Stattdessen Handcreme auftupfen und sanft einmassieren.

Was uns die Nägel verraten:
Rillen, weiße Streifen und brüchige Nägel können ein Zeichen für Vitamin- und Mineralstoffmangel sein.
Brüchige Längsstreifen können auf Hormonstörungen hinweisen.
Runde Dellen im Nagel können Schuppenflechte oder Ekzeme anzeigen.
Querrillen können die Folge von Krankheit, Stress oder einer Operation sein.

Eingerissene Nägel müssen nicht unbedingt geschnitten werden. Ein so genanntes Nagelvlies (gibt's in Drogierien zu kaufen) nach Anleitung über den Riss kleben. Unterlack oder Rillenfüller drüberpinseln, dann normal lackieren.

SEXY LEGS

Die wohlgeformtesten, erotischsten Beine verlieren ihre Wirkung, wenn aus offenen Sommerschuhen ein abgeblätterter Zehennagel lugt und schwarze Haarstoppel an den Beinen öffentlich zur Schau gestellt werden. Durch zu enge oder schmale Schuhe entstehen unschöne, schmerzhafte Druckstellen, dicke hässliche Hornhaut oder Hühneraugen. Deshalb muss man etwas für die Füße tun …

Hilfe, Fußgeruch!

Da an den Füßen sehr viele Schweißdrüsen sitzen, wird hier viel Schweiß ausgeschwitzt. Wie der übrige Körperschweiß ist auch der Fußschweiß erst einmal geruchlos. Erst dann, wenn der Schweiß auf der Haut durch Bakterien zersetzt wird, nimmt er den unangenehmen Geruch an.

Geruchskiller ist die tägliche Reinigung – am besten mit speziellen Fußbad-Zusätzen, welche die Schweißbildung normalisieren, intensiv und schonend reinigen und desodorieren. Nach dem Fußbad die Haut mit einer speziellen Fußcreme behandeln. Denn wenn die Füße stark schwitzen, reißt die aufgeweichte Haut leicht ein. Dann fängt sie sich schnell Pilzinfektionen ein. Gefahrenquellen sind hier besonders Freizeiteinrichtungen mit feuchten Zonen, wie Schwimmbäder, Saunen, usw. Für besonders hartnäckigen Geruch gibt es spezielle Fußdeo-Cremes. Die Fußbekleidung sollte möglichst luftdurchlässig sein und Feuchtigkeit aufsaugen oder weiterleiten.

Hornhaut muss nicht sein

Wer die Hornhaut an den Füßen nicht attraktiv findet, kann sie leicht entfernen. Füße fünf Minuten in lauwarmes Wasser einweichen. Danach kann die Hornhaut vorsichtig abgerieben werden. Gegen zu viel Hornhaut und Schwielen helfen Peeling-Produkte oder Naturbürsten. Anschließend mit einer speziellen Fußcreme einmassieren, damit die Füße wieder schön glatt werden. Aber Achtung: Die Hornhaut ist auch eine Schutzschicht, von der nicht zu viel entfernt werden sollte.

FITTE Füße

Muntermacher

Zehn Tropfen Pfefferminz- oder Zitronenöl in ein Liter kaltes Wasser träufeln. Kniestrümpfe aus Baumwolle darin tränken, anziehen und Beine hochlegen.

Laufen

... wann immer es geht. Jede Bewegung ist gut, die die Venen-Muskel-Pumpe in den Waden auf Touren bringt. So bleibt das Blut im Fluss und wird von den Füßen Richtung Herz befördert.

Stimulierer

Barfußgehen auf Kieselsteinen hat die Wirkung einer Reflexzonenmassage. Sandalen mit Noppen wirken ähnlich.

Abschweller

Eiswürfel in einen Eimer geben, kaltes Wasser darüber und die Füße bis zur Wade eintauchen. Sohlen kurz auf die Eiswürfel stellen; das aktiviert die Reflexzonen.

Hitze-Killer

Jeweils sechs Tropfen Öl aus Minze, Nelke, Lorbeer und Kiefer in vier Liter lauwarmes Wasser träufeln. Füße eintauchen.

Relaxer

Füße kneten, danach die Beine hoch legen; der perfekte Ausgleich nach langem Sitzen.

Heißmacher

In warmes Wasser ein paar Tropfen Wacholderöl oder eine Hand voll zerdrückte Wacholderbeeren geben. Füße 15 Minuten eintauchen.

Stress-Killer

Mit dem Daumen leichten Druck auf die Mitte der Fußsohle ausüben.

Die Pediküre

Eine halbe Stunde in der Woche – mehr Zeit brauchst du nicht, um deine Füße in Form zu bringen. Neben dem Pflegeprogramm spielt die Nagelpflege an den Zehen – die Pediküre – eine große Rolle.

1 Zehennägel mit der Nagelzange abzwicken. Bei dünnen Nägeln kannst du auch eine stabile Nagelschere verwenden. Die Zehennägel werden kurz und gerade abgeschnitten.

2 Die Schnittkanten werden gerade gefeilt, die Ecken leicht abgerundet.

3 Die Nagelhaut an den Füßen verhornt schneller als an den Fingern. Deshalb wird Nagelhautentferner aufgetragen. Die Nagelhaut zurückschieben. Gelöste Hautfetzen mit der Nagelbürste wegrubbeln.

Wichtig:
Pedikürewerkzeug nach jedem Gebrauch desinfizieren.

4 Rillen oder raue Stellen auf der Nageloberfläche mit einer Sandblattfeile oder Nagelpolierer glätten. Jetzt sind die Nägel bereit zum Lackieren.

5 Ein Zehentrenner aus Schaumgummi erleichtert das Lackieren und verhindert, dass sich die frisch lackierten Fußnägel gegenseitig verschmieren.

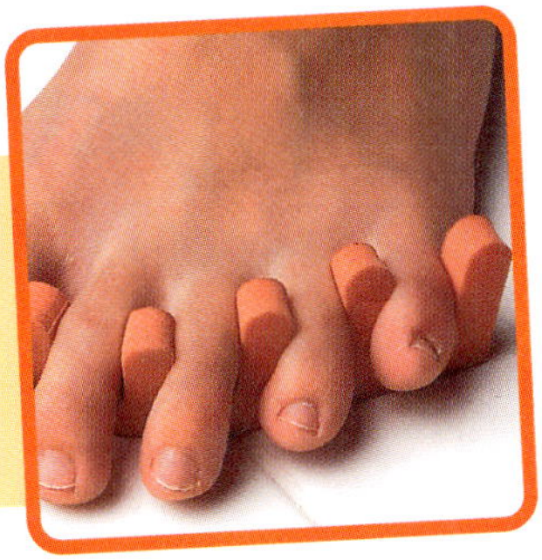

Trendiges für die Füße

Sommer, Sonne, nackte Füße: Jeden Zeh in einer anderen Farbe lackieren.

Feminin für abends: Schwarz lackierte Zehennägel sind toll zu gebräunten Beinen.

Flower-Power: Fußnägel mit farblosem Lack lackieren, dann mit einem Lackmalstift Pünktchen, Streifen oder Blümchen aufmalen, zum Schluss mit farblosem Lack überpinseln.

Edles für heiße Sommernächte: Nägel in kräftigem Blau oder Rot lackieren, eine Schicht Glimmerlack drübermalen. Vollständig trocknen lassen, dann mit Klarlack überpinseln.

Tolle Beine

Lang und schlank sollten sie sein – die Beine. Ob deine Beine tatsächlich Rekordlänge haben oder eher kräftig sind – dafür kannst du nichts. Doch dafür, dass deine Beine attraktiv sind, kannst du mit Pflege, Bewegung und auch Ernährung einiges tun.

Meine Haut an den Beinen ist eine einzige Katastrophe. Ständig ist sie trocken und schuppt sich wie verrückt, egal, wie viel ich schmiere. Was mache ich nur falsch?

EDITH AUS GARCHING

» Verwende zunächst ein Duschprodukt mit rückfettender Wirkung. Außerdem ist regelmäßiges Bein-Peeling angesagt. Mit einem Spezial-Handschuh rubbelst du beim Duschen in kreisenden Bewegungen vom Fuß bis zum Oberschenkel die verhornten Hautschüppchen ab. Nach dem Abtrocknen trägst du eine Feuchtigkeitslotion oder ein Körperöl auf und massierst es fest ein. «

Zeigt her eure Beine
Super für die Beine sind Laufen, Radfahren, Schwimmen. Das bringt feste Muskeln. Fettpölsterchen an Oberschenkeln haben da keine Chance mehr.

Wenn sich die Dellen wellen …

Zellulitis ist wohl der Schrecken jeder Frau und leider gar keine Frage des Alters. Schon bei manchen Teenies kräuseln sich die Oberschenkel. Mit Sport kann man aber gut vorbeugen. Wichtig ist allerdings auch eine ausgewogene Ernährung mit einem geringen Anteil tierischer Fette, Salz und Zucker. Und: viel, viel Rohkost …

Kein Härchen mehr

Wenn Härchen wachsen, wo wir sie nicht wollen, dann hilft nur eins – sie müssen weg! Es gibt verschiedene Enthaarungsmethoden. Welche die beste ist? Ganz einfach – die, mit der du am besten klarkommst.

Enthaarungscremes

Sie beinhalten einen chemischen Komplex, der das Hautkeratin abbaut. Creme, Milch oder Schaum sind in ihrer Wirkung ähnlich. Bis zu zehn Tage dauert es, bis die Härchen nachgewachsen sind. Achtung: Unbedingt einen Verträglichkeitstest machen.

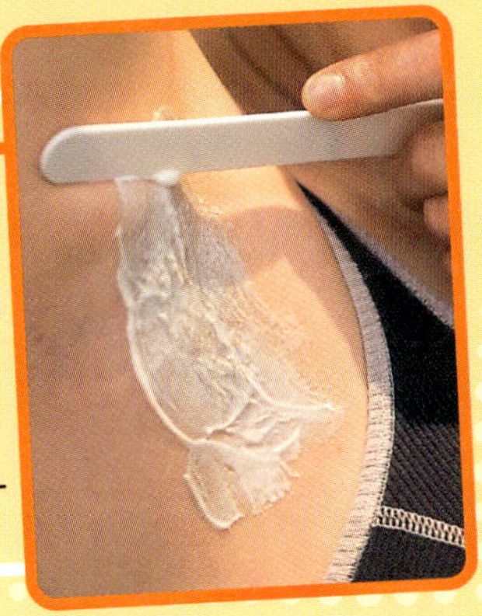

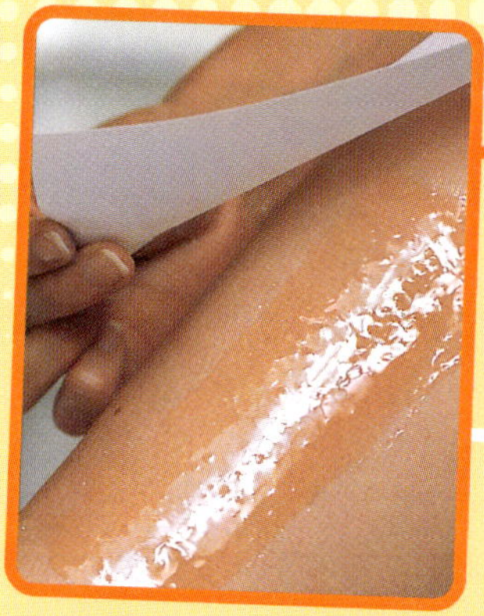

Wachsmethode

Eine gründliche, bis zu vier Wochen vorhaltende Methode. Das Wachs wird in Wuchsrichtung aufgetragen und dann ruckartig gegen die Wuchsrichtung abgezogen

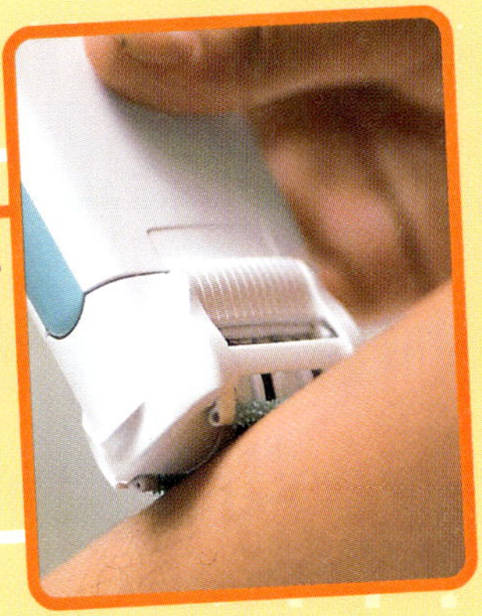

Epilieren

Epiliergeräte halten die Haut etwa vier Wochen glatt. Die Härchen werden von den rotierenden Pinzetten ergriffen und mitsamt der Wurzel ausgerissen. Das tut so weh, wie es sich anhört, ist aber ziemlich effektiv.

Rasieren

Dazu gibt es sowohl Einwegrasierer, wie auch Nassrasierer für Frauen. Spezielle Rasiercremes oder -gels bereiten die Härchen optimal auf die Rasur vor. Die Haarstoppeln sind nach ein bis zwei Tagen aber wieder zu spüren.

Apres-Pflege

Es gibt tolle Spezialcremes mit reizlindernden Wirkstoffen, welche die Haut nach der Enthaarung beruhigen. Ungefähr zwölf Stunden danach solltest du keine alkoholhaltigen Produkte, wie Parfums oder Deos, verwenden und nicht gleich ein Sonnenbad nehmen. Geh auch nicht gleich zum Schwimmen, denn die Haut ist nach der Enthaarung sehr anfällig für Bakterien.

BODYPAINTING mit Henna-Tattoos

Körperschmuck par excellence: Das Bodypainting mit Henna verleiht einen geheimnisvollen, erotisch-exotischen Zauber. Ein Kult auf Zeit, denn das Tattoo verblasst nach etwa vier Wochen wieder – und kann dann völlig neu gestaltet werden!

Henna ist ein Extrakt, gewonnen aus Blättern eines Strauches, der vorwiegend in Indien, Ägypten, Tunesien oder Marokko angebaut wird. Die getrockneten Blätter werden zu Pulver verarbeitet. Es gibt dabei Orange-, Braun- und Rottöne. Die Färbung eines Tattoos hängt auch von der Auftragetechnik, der Rezeptur und der Einwirkzeit ab.

▶ **Für Einsteiger sind Schablonen, die auf der Haut mit Hennapaste ausgemalt werden, ideal. Auch Hennapaste gibt es bereits gebrauchsfertig zu kaufen.**

Original-Mendhi

Für ein echtes Mehndi ist es schon fast ein Muss, die klassische Methode zu wählen und original Hennapulver zu verwenden. Es ist wunderschön und hält einfach am längsten.

Das brauchst du:

Hennapulver, Schüssel, Rührlöffel, evtl. Sud von Kaffee oder schwarzem Tee, Nylonstrumpf oder Sieb, Tinktur aus Zitronensaft, Zucker und Olivenöl oder nur Eukalyptusöl, Mullbindenauflage und Heftpflaster, Teelöffel, Wattestäbchen, Holzstäbchen oder feinen Pinsel für die Freihand-Methode, Alkohol (Gesichtswasser), Schwämmchen, evtl. Plastikhandschuhe und Zeitungsunterlagen zum Schutz, evtl. Spritztüte.

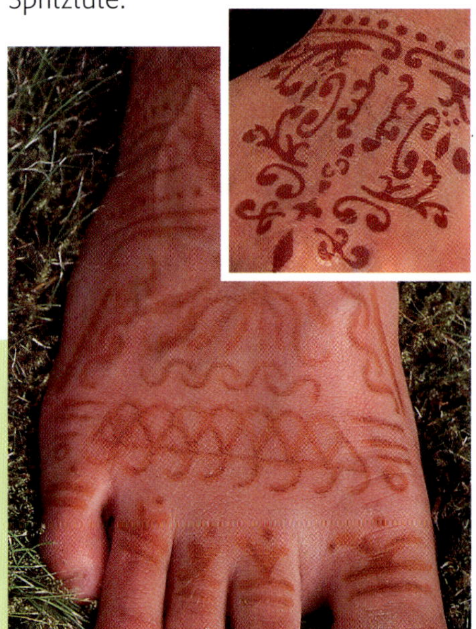

Mehndi-Mani
Die Hennamalerei mit ihren geheimnisvollen, orientalischen Symbolen ist etwa 5000 Jahre alt und wird heute noch praktiziert. Dabei hat jede Kultur ihre eigenen Muster und magischen Zeichen, jedes Symbol hat seine Bedeutung.

Zubereitung:
Es ist wichtig, dass das Hennapulver ganz fein und klümpchenfrei ist, deshalb vor dem Anmischen durch ein Sieb oder einen Nylonstrumpf sieben. Kaffee oder Tee intensiviert den Farbton und macht ihn dunkler. Du kannst also für diesen Effekt der angegebenen Wassermenge noch zwei Teelöffel Sud zugeben, zusammen kurz aufkochen und dann ziehen lassen. Das Pulver wird in den heißen Sud eingerührt, bis eine breiige Masse entsteht.

Auftragetechnik:
Gute Zeichner können mit einem feinen Pinsel oder einem Holzstäbchen frei Hand arbeiten. Ein Teil der Hennapaste wird zum Ausmalen in ein entsprechendes Fläschchen mit spitzen Aufsatz oder eine Spritztüte gefüllt. Ist das Loch mal verstopft, wirkt eine Stecknadel Wunder. Je länger die Hennapaste auf der Haut bleibt, desto schöner wird das Tattoo – daher am besten über Nacht einwirken lassen und dabei mit einem Mulltuch und Heftpflaster zum Schutz abdecken. Am Morgen die Paste vorsichtig mit einem Löffel abkratzen.

Wichtig:
Für ein perfektes Tattoo muss die Hautstelle absolut sauber und fettfrei sein. Ein Peeling ist zusätzlich empfehlenswert. Zur Sicherheit die Hautstelle nochmals mit Alkohol (Gesichtswasser) reinigen.

Freehand-Painting
Die Freihand-Methode erfordert etwas Übung, bevor du dich an die Haut wagst. Übe dein Muster oder Symbol mit Bleistift oder Füller auf einem Blatt Papier. Du kannst die Motive auch direkt mit Hennapaste auf Papier testen. Tattoostifte sind ideal für kleine Symbole, die freihändig aufgemalt werden.

Entdecke deine Kreativität
Die Welt der Symbole, Zeichen und Muster ist unendlich. Schmücke dich mit den magischen Zeichen aus alter Zeit, tauche ab in die geheimnisvolle, mystische Welt des Orients und schaffe dir deine eigene Symbolik.

PIERCING – KULT oder WAHNSINN?

Aus dem Bauchnabel blitzen farbige Steine, Augenbrauen, Nasen, Ohren, Lippen, Zungen, ja sogar Intimzonen zieren Metallstäbe, Ringe oder Spikes. Der Modegag boomt. Doch ob und wo man sich piercen lässt, sollte man sich gut überlegen. Denn allzu leicht wird aus dem coolen Körperschmuck ein schmerzhaftes Übel.

Hygiene ist oberstes Gebot!
Ein Piercing darfst du nur nach fachmännischer Beratung in einem seriösen Studio vornehmen lassen, sonst kann es zu schweren Infektionen kommen. Wichtig ist eine sorgfältige Nachbehandlung über mehrere Monate.

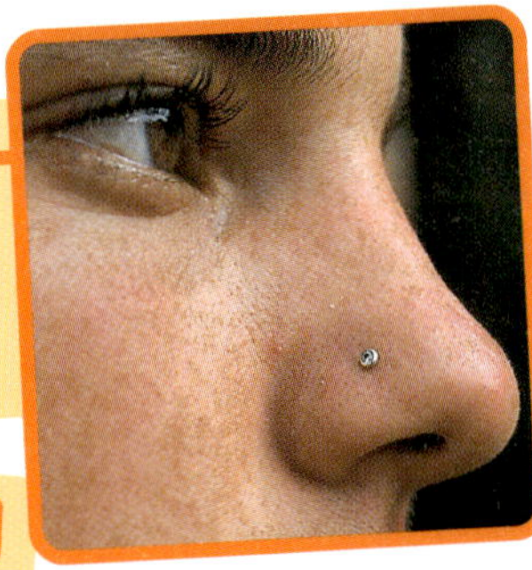

Nasenpiercing
ist der Klassiker unter den Piercings. Gepierct werden kann der Nasenflügel oder die Nasenscheidewand.

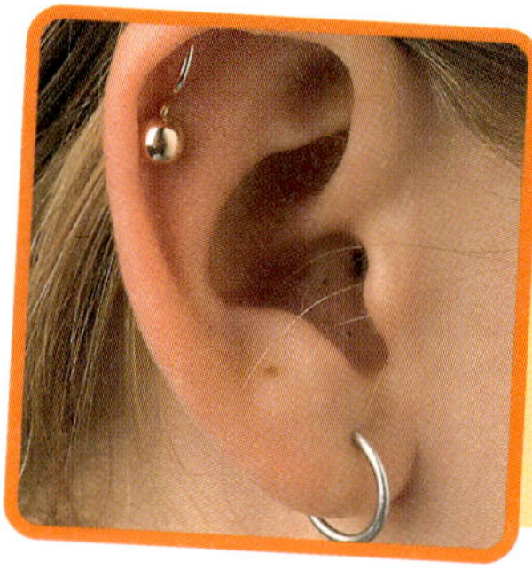

Ohrenpiercing
Mit einer speziellen Pistole wird ein sterilisierter Stift durch die gewünschte Ohrstelle geschossen. Modegag ist es, diesen „Fleshtunnel" mit der Zeit mit immer größeren Schmuckstücken zu zieren.

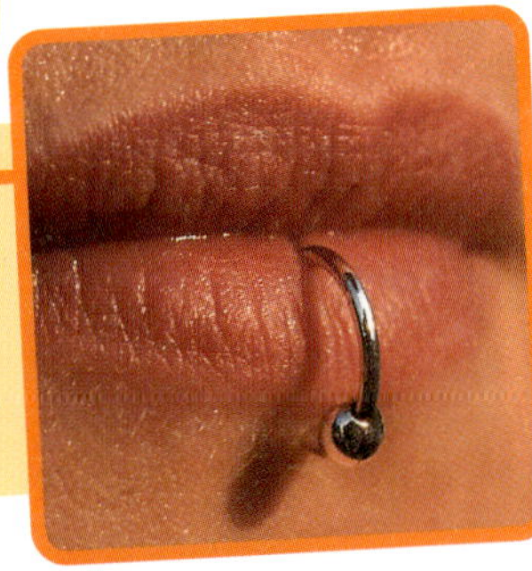

Lippenpiercing
Hier ist bis zur Abheilung peinlichst genau auf die Pflege zu achten. Als Stecker bequem zu tragen – als Ring eher gewöhnungsbedürftig.

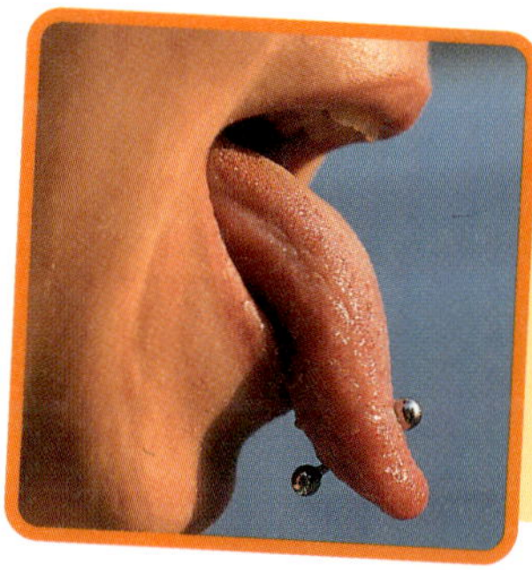

Zungenpiercing
Ist wohl der ultimative Kick beim Küssen. Aufpassen muss man nur, dass sich die Stecker nicht ineinander verhaken.

Darauf ist zu achten:
Der Piercingschmuck sollte aus 100% nickelfreiem Material sein, möglichst 18-Karat-Gold oder Titan.

Haar-Träume

Mythen rund um das Haar sind so alt wie die Menschheit selbst. Die Signalwirkung, die von Haaren ausgeht, brachte zu jeder Zeit ihre eigenen Ideale hervor. So galt eine wilde Haarmähne über Jahrhunderte hinweg als Ausdruck purer Sinnlichkeit, während die züchtige Frau ihre Haare besser hoch gesteckt trug. Schönes Haar ist also der Traum eines jeden. Kein Wunder, denn die Haare sind Sinnbild für Erotik und Schönheit. Sie geben Aufschluss über den seelischen Zustand und die soziale Stellung; sie zeigen die Persönlichkeit und den Charakter eines Menschen.

Schönes HAAR – GESUNDES Haar

Das Haar besteht aus mehreren Schichten, zu 90 Prozent aus dem Eiweiß Keratin. Den Rest bilden Mineralien und andere Stoffe. Die äußere Haarhülle ist die Schuppenschicht (Cuticula). Ist sie gesund, zeigt sich das in glänzendem Haar. Darunter liegt die Faserschicht (Cortex). In ihr sind die Farbstoffe des Haares (Pigmente) eingebettet. Eine Art Kittsubstanz ist für den Zusammenhalt und die Elastizität der Faserschicht verantwortlich. Die Faserschicht und die Kittsubstanz werden bei einer Farbveränderung und Umformung der Haare verändert. Die Mitte des Haares bildet der Markkanal (Medulla).

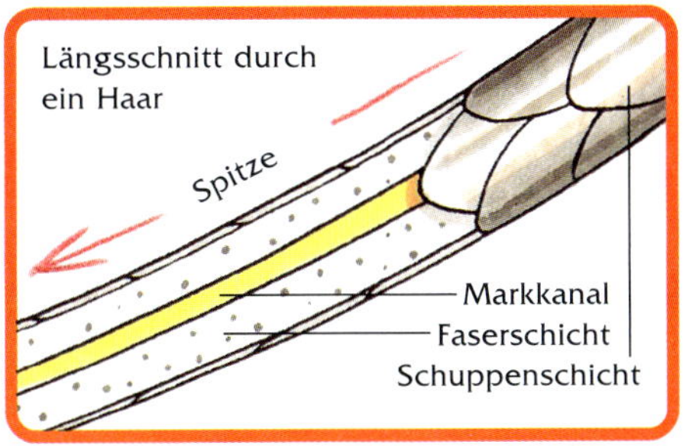

Haarwachstum

Das Haar wächst im Jahr rund 15 Zentimeter und das zwei bis sechs Jahre lang. Danach kommt eine viermonatige Ruhephase, dann fällt das Haar aus. Aber keine Angst, die Haarwurzel beginnt sofort mit der Neuproduktion. Wer also am Tag bis zu 80 Haare verliert, braucht sich keine Sorgen machen, in Zukunft zu den Glatzköpfen zu gehören.

Starke Haare

Stell dir vor, ein gesundes Haar hält 100 Gramm Belastung spielend aus. An einem Seil, aus menschlichem Haar gedreht, könnten demnach 200 Zentner hängen. Das wären etwa zehn Autos mit je 1.000 Kilo!

Haare & Ernährung

Ein gesundes Haar kann nur aus einer gesunden Kopfhaut wachsen, das heißt unbeeinflusst von Medikamenten, Krankheiten, Stresszuständen oder falscher Ernährung. Dabei spielt die Ernährung eine wesentliche Rolle für kräftige Haarwurzeln und vitales Haar. Besonders wichtig sind Mineralstoffe und Vitamine wie Zink, Folsäure, Biotin, Eisen, Vitamin C. Sie kommen in Obst, Milch-, Vollkorn- und Sojaprodukten, Fisch, Geflügel und grünem Blattgemüse vor.

Das PFLEGE-PROGRAMM

Ob das Haar in Hülle und Fülle wächst, glatt oder kraus ist – darauf haben wir keinen Einfluss, denn das wird uns schon in die Wiege gelegt. Ob unser Haar allerdings gesund, glänzend und schön aussieht – das haben wir selbst in der Hand. Indem wir es richtig pflegen und schädigende Einflüsse reduzieren.

Richtig trocknen
Du solltest deine Haare niemals heiß föhnen – das ist Gift für die Schuppenschicht. Halte den Föhn immer senkrecht nach unten, das schließt die Schuppenschicht und sorgt für mehr Glanz.

Haare waschen

Damit fängt schon alles an. Nimmt man das richtige Shampoo, glänzt das Haar nach der Wäsche. Ein falsches trocknet aus, weil das Haar zu wenig Pflegestoffe bekommt. Das Shampoo gehört also bereits nach dem Haar- oder Kopfhautzustand ausgesucht.

Richtig waschen
Du darfst deine Haare waschen, so oft es nötig ist – auch täglich. Das Haar muss klitschnass sein, bevor du es einschäumst. Das Shampoo nie direkt aus der Flasche aufs Haar gießen, sondern einen Klecks zwischen den Handinnenflächen verreiben und mit den Händen durch die Haare fahren. Was an Schaum und Wasser runterläuft, reicht auch zur Reinigung der Spitzen bei langen Haaren. Werden Haare täglich gewaschen, reicht es, sie einmal einzuschäumen. Die Haare beim Waschen keinesfalls ziehen und zerren. Wichtig ist es, das Shampoo gründlich auszuspülen, bis die Haare quietschen. Das gewaschene, nasse Haar niemals trockenrubbeln, sondern mit einem frischen Handtuch sanft ausdrücken.

Spülung, Kur und Balsam

… bedeuten Glanz fürs Haar.

Spülungen
sind besonders wichtig für die Pflege von geschädigten oder Problemhaaren. Auch gesundes Haar wird vor Umwelteinflüssen geschützt. Die Spülung überzieht das Haar mit einem Schutzfilm und macht es widerstandsfähiger und leichter kämmbar. Spülungen werden nach jedem Waschen ins Haar gegeben. Sie gehören aber in die Haare, nicht auf die Kopfhaut. Du verreibst dabei eine kleine Menge zwischen den Handflächen und fährst damit durch die Haarspitzen.

Schaumbalsam
ist die ideale Lösung für eine schnelle, unkomplizierte Pflege nach der Wäsche. Er pflegt stärker als eine Spülung, aber weniger intensiv als eine Kur. Er sorgt für Glanz, Geschmeidigkeit und leichte Kämmbarkeit, muss aber in Maßen verwendet werden, sonst klatscht die Frisur an.

Obwohl ich immer Pflege- und Stylingprodukte verwende, hängen meine Haare schlaff herunter. Was mache ich falsch?

FELICITAS AUS HAMBURG

» Die Haare kann man durch zu viel Styling- oder Pflegeprodukte auch überpflegen. Wasche sie zwischendurch mit einem Peeling-Shampoo, das befreit von allen Rückständen. «

Kuren
Wer färbt, dauerwellt, aggressiv bürstet oder kämmt, strapaziert das Haar aufs Äußerste und sorgt dafür, dass die Schuppenschicht des Haares Lücken bekommt. Hochwertige, auf das Haarproblem abgestimmte Haarkuren sind fähig, die kaputte Haarstruktur wieder zu reparieren.

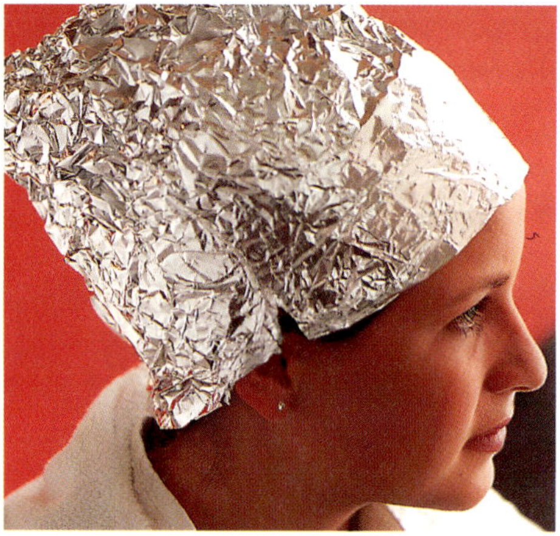

Welche Kur für welches Problem?
Zu den **Leave-in-Kuren**, deren Wirkstoffe im Haar verbleiben, gehören folgende Produkte:
Die **Ampullen-Kuren** zielen stärker auf die Kopfhaut ab. **Direkt-Repair-Kuren** geben den Haaren Stabilität und Fülle. **Sprüh-Kuren** sind Energiespender für schlaffes Haar, binden die Feuchtigkeit und geben Volumen. **Spitzen-Fluids** kitten und versiegeln brüchige Haarspitzen.

Mit **Flüssig-Haar,** das die Haare mit einem stabilen Film umhüllt, sieht feines Haar nach mehr aus. **Glanz-Tonics** bringen nicht nur traumhaften Schimmer, sondern schützen auch. Die **Wash-out-Kuren** sind ideal für strukturgeschädigtes Haar. **Aufbaucreme- oder Aufbaupflege-kuren** sind die intensivsten Kuren mit hoher Wirkung und Langzeiteffekt.

Lässt ein Haarwasser Haare besser wachsen?

Eine schwache, aber sonst intakte Haarwurzel kann mit einem speziell anregenden Haarwasser gestärkt und aktiviert werden. Nur, ausgefallene Haare wachsen davon nicht wieder nach und ein Wundermittel, das Haare schneller wachsen lässt, ist bisher auch noch nicht erfunden worden.

Styling & CO

Die Pflege ist das eine – gekonntes Styling das andere. Auch hier gibt es viele Helfer für ein optimales Finish – aber bitte nicht alles auf einmal verwenden!

Styling-Gel

ist der hervorragende Modellierer für einzelne Haarpartien oder für eine ausdrucksstarke Gesamtfrisur. Gels sind farblos, fettfrei und geben dem Haar einen sichtbaren Film. Das Haar wird geformt und intensiv gefestigt.

Haarfestiger

helfen Frisuren gestalten. Frisch gewaschenes Haar wird besser kämmbar, bekommt mehr Elastizität und wird vor schädigenden Einflüssen geschützt. Sie verhindern, dass die Haare fliegen und sorgen für Halt.

Wax

gibt einzelnen Haarsträhnen Glanz und Stand und ist so zum effektvollen Akzentuieren lässiger Trend-Frisuren geeignet.

Styling-Cremes

machen das Haar geschmeidig und hinterlassen keinen sichtbaren Film. Sie sind allerdings auch weniger festigend.

Finish

Haarsprays schützen vor Luftfeuchtigkeit, Sonne und Wind. Sie geben der Frisur perfekten Halt und unterstützen die Wirkung von Haarfestigern. Haarlack ist mit speziellen Filmbildnern angereichert, die extra stark festigen und einen glänzenden Oberflächenfilm bilden. Sprüh-Glanz als Spray festigt und pflegt durch Aufbaustoffe.

HAARGENAU mein HAARTYP

Die Haarpflege muss auf den Haartyp abgestimmt werden. Der Haartyp jedes Menschen wird von den Erbanlagen festgelegt. Die Haaroptik hat außerdem mit äußeren Einflüssen wie Wetter oder falsches Pflegeprogramm zu tun. Die richtige Haardiagnose ist daher Voraussetzung für die Wahl der geeigneten Pflegeprodukte.

Normales Haar

gehört schon zu den seltenen Fällen. Es zeichnet sich durch Glanz und Geschmeidigkeit aus und ist elastisch bis in die Spitzen. Es fettet nicht übermäßig nach und lädt sich nicht statisch auf. Aber auch normales Haar braucht regelmäßige Pflege, um allen Einflüssen trotzen zu können.

Die richtige Pflege

Ein mildes Shampoo ist zu empfehlen. Nach jeder Wäsche sollte man eine Spülung machen, die die äußere Schuppenschicht stärkt. Vorbeugend ist alle vier Wochen eine Feuchtigkeit spendende Kurpackung ratsam.

Feines Haar

hat nichts mit der Haarmenge zu tun. Der Durchmesser ist bei feinem Haar um 0,05 Millimeter dünner als bei normalem Haar. Feinem Haar fehlt es an Halt und Volumen.

Pfirsich für feines Haar

Eine Hand voll getrocknete Pfirsichblätter mit 1/4 Liter heißem Wasser übergießen, abkühlen lassen, filtern und den Sud als Spülung verwenden.

Die richtige Pflege

Ein perfekter Schnitt ist die Voraussetzung für Volumen und gelungenes Styling. Super sind Kurzhaar-Cuts oder stumpf geschnittene Pagenköpfe – in der Länge maximal bis Kinnhöhe. Volumenschaum und Hair-Liquids bringen Stand in feine Haare und Hydrokulturen sorgen für mehr Griffigkeit. Zur Wäsche sind milde Volumenshampoos empfehlenswert.

Fettendes, schuppiges Haar

Wenn die Schuppen rieseln oder das Haar schnell fettet, ist es eigentlich kein Haar-, sondern ein Kopfhautproblem. Eine Überfunktion der Talgdrüsen ist dafür verantwortlich. Der Überschuss wird vom Haarschaft nicht mehr absorbiert und lässt das Haar fettig und strähnig aussehen. Häufig sind mit fettendem Haar auch Schuppen verbunden, denn der Talgüberschuss auf der Kopfhaut bietet einen idealen Nährboden für Pilzarten. Sie sind zwar harmlos, können aber allergische Reaktionen auf der Kopfhaut auslösen. Die Zellproduktion wird angeregt und verhornte Zellschüppchen werden von der Kopfhaut abgestoßen – „es schneit".

Die richtige Pflege

Fettendes Haar sollte man waschen, wann immer es nötig ist, es aber nicht zu viel pflegen. Spezialshampoos enthalten Stoffe, die das Aufziehen des Hauttalgs verzögern und die strähnige Optik der Haare mindern. Das Shampoo darf nicht in die Kopfhaut massiert werden, da die Talgdrüsen sonst noch mehr Fett produzieren.
Bei Schuppen solltest du ein spezielles Anti-Schuppen-Shampoo benutzen. Wenn das nicht hilft, kannst du deinen Hautarzt zu Rate ziehen.

Brennnessel für fettiges Haar
Eine Hand voll getrocknete Brennnesseln mit ¼ Liter heißem Obstessig aufgießen. 15 Minuten ziehen lassen, filtern. Sud als Spülung verwenden.

Schuppen-Extra

Schuppen können bei fettigem, aber auch bei trockenem Haar auftreten. Medikamente, falsche Styling- oder Pflegeprodukte, Stress, Vitaminmangel oder Pilzerkrankungen können die Ursache dafür sein.

Die richtige Pflege

Ein Anti-Schuppen-Shampoo allein ist oft nicht ausreichend. Es gibt spezielle Kopfhaut-Kuren, die der Neubildung vorbeugen. Ein Gel-Peeling löst Schuppen.

Trockene Längen – spröde Spitzen

Das Haar ist stumpf, strohig und glanzlos. Es lädt sich schnell statisch auf, fliegt und ist schlaff. Die Ursachen sind vielfältig: zu heißes Föhnen, falsche Kämme oder Bürsten, häufiges Waschen mit einem falschen Produkt, kalkhaltiges Wasser, chemische Behandlungen, Wettereinflüsse, Unterfunktion der Kopfhaut-Talgdrüsen.

Die richtige Pflege

Wichtig sind regelmäßige, haartypgerechte Kuren und Spülungen. Sie enthalten Pflegesubstanzen, die in die geschädigte Faserschicht eindringen und die Schuppenschicht schließen. Keine scharfkantigen Bürsten oder Kämme verwenden.

Naturkrause

ist eigentlich toll, sieht aber oft ziemlich struppig aus. Bei richtiger Pflege und Styling geht´s auch anders.

Die richtige Pflege

Mit einem Spezial-Shampoo wird das Haar schon beim Waschen mit einer Filmschicht überzogen und lässt sich leichter kämmen. Nach jeder Wäsche eine Intensiv-Kur gegen trockenes Haar machen. Ideal sind fettfreie, alkoholfreie Stylingprodukte.

Wenn ...

Haare fliegen, sind sie zu trocken. Vor dem Bürsten ein bisschen Glanz-Spray auf die Bürste sprühen und damit leicht übers Haar fahren. Keine Kunststoffbürsten oder -kämme verwenden.

Honig für Naturkrause
Zwei Esslöffel Honig und einen Teelöffel Glyzerin in ½ Liter warmem Wasser kräftig verrühren, in ein Schraubverschlussglas geben und gut durchschütteln. Als Kurspülung nach dem Waschen verwenden.

Dauergewelltes/ koloriertes Haar

Hier wurde durch eine Form- oder Farbveränderung in die Haarstruktur eingegriffen. Das Haar trocknet nun leicht aus und ist sehr empfindlich. Je häufiger diese Behandlungen gemacht werden, desto stärker wird die Struktur des Haares angegriffen. Koloriertes oder dauergewelltes Haar ist schnell matt und stumpf, bricht in den Spitzen und braucht dringend eine intensive Spezialpflege.

Die richtige Pflege

Wichtig sind aufeinander abgestimmte Produkte. Ratsam sind restrukturierende Shampoos und Spülungen sowie regelmäßige Aufbau-Kuren. Alkoholfreie Glanz-Sprays geben zusätzlich Glanz und Geschmeidigkeit.

„Morgens sind meine Haare immer ganz plusterig und rau. Wie kommt das?

Tamara aus Berlin

» Wenn das Haar morgens krisselig ist, scheuert es nachts auf dem Bettbezug und wird aufgeraut. Das kannst du verhindern, wenn du ein Seidentuch über das Kopfkissen legst. «

Langes, splissiges Haar

Je länger das Haar, umso strukturgeschädigter ist es auf Grund äußerer Einflüsse. Sie schwächen das Haar im Laufe der Zeit, machen es dünn und brüchig. Die Folge sind Spliss und farbliche Veränderungen.

Die richtige Pflege

Erforderlich sind Pflegeprodukte, die die Schuppenschicht schließen, z. B. Haarspitzen-Fluids. Ausgebleichte Spitzen werden durch auswaschbare Tönungen im Ton des Naturhaares farblich wieder angeglichen.

Bei Splissgefahr Bürsten aus Naturborsten verwenden. Tolle Haarschoner sind echte Horn- oder Holzkämme.

TYP & FRISUR

Neuer Haarschnitt gefällig? Nichts leichter als das, nur dass sich die „Traumfrisur" für jeden anders darstellt. Wenn Typ und Haarqualität nicht stimmen, kann die Traumfrisur schnell zum Albtraum werden. Ein guter Schnitt ist das A und O, die Voraussetzung für perfektes Styling. Haarqualität, Typ und Gesichtsform spielen für die Schnitt-Wahl eine entscheidende Rolle.

Längliches Gesicht

Fransen-Bobs und kurze Stufenschnitte geben Breite. Ein langer, kompakter Pony verkürzt optisch.

Rundes Gesicht

Es wird optimal kaschiert, wenn die Seitenkonturen bis zur Grundlänge extrem fransig geschnitten werden. Ein Mittelscheitel streckt die Gesichtsform zusätzlich.

Eckiges Gesicht

Super sind ein lang gestufter Schnitt, Locken oder softe Wellen, die von der harten Gesichtsform ablenken. Oder Stirnfransen aus dem Gesicht frisieren und einen Seitenscheitel tragen.

Extra-Tipps:

Fliehendes Kinn: Grundlänge knapp unter dem Kinn halten, dazu softe Wellen oder Locken drehen.

Ausgeprägtes Kinn: Eine Frisur mit Fülle um die Kinnpartie lenkt gut ab.

Niedrige Stirn: Ein leichter, fransiger Pony ist ideal.

Hohe Stirn: Ein voller Pony kaschiert optimal.

Ovales Gesicht

Dieser Gesichtsform stehen alle Arten und Formen von Frisuren.

HAARtypen

Kräftiges Haar

Am besten ist ein Schnitt, der dem Haar die Schwere nimmt, wie ein kurzer Pilz- oder Bubikopf.

Feines Haar

Die ideale Länge liegt in Kinnhöhe. Längeres feines Haar sieht schnell ungepflegt aus. Empfehlenswert sind Schnitte mit einer Haarlänge und stumpfen Konturen.

Naturkrause

Bei langen Haaren verlieren die Locken an Sprungkraft und werden in die Länge gezogen. Gleich langes Haar ist hier nicht immer günstig.

TrendCUTS

Bubikopf

für alle Haarstärken: Die Haare werden rund um den Kopf auf 5-8 cm durchgestuft. Die Ohren liegen frei. Vor den Ohren bleiben lange Koteletten, die mit Gel zu leichten Sechsern geformt werden. Der Schnitt hat einen kurzen Fransenpony, der in die Stirn gestylt ist.

Lang und edel

Überschulterlanges Haar wird an den Seitenkonturen fransig geschnitten. Mittelscheitel ziehen, über große Rundbürste glatt volumig mit leichtem Drall nach innen föhnen.

FASZINATION FARBEN

Schluss mit der Eintönigkeit – es lebe die Farbe! Die Möglichkeiten sind heute nahezu unbegrenzt, sich seine ganz persönliche Farbnote ins Haar zu zaubern: aufregend in Rot, rassig in Schwarz, erotisch in Blond! Oder nur ein leichter Schimmer? Es gibt tausend Möglichkeiten.

Im Farben-Dschungel

Neue Haarfarbe gefällig? Eine dauerhafte oder eine auswaschbare? Das sind die Unterschiede:

Tönungen (Creme, Gel oder Schaum) geben dem Haar einen Farbschimmer. Das einzelne Haar wird von einem Farbfilm ummantelt. Tönungen halten ca. acht Haarwäschen.

Intensiv-Tönungen enthalten bereits einen geringen Anteil Oxidationssmittel und tönen wesentlich intensiver.

Tönungswäschen zaubern einen leichten Farbhauch auf das Haar, der bei jedem Waschen intensiver wird.

Pflanzenfarben, wie Henna, sind intensiver als Tönungen und halten etwa bis zu acht Wochen. Sie können den Naturhaarton nur um Nuancen verändern.

Bei **Kolorationen** wird die äußere Schuppenschicht des Haares aufgelockert und die winzigen Farbmoleküle sowie das Oxidationsmittel werden ins Haarinnere geschleust. Je nach Anteil von Oxid und Farbstoffen ist die Koloration dauerhaft oder bis zu 24 Haarwäschen haltbar.

Do it YOURSELF

mit Pflanzenfarben

Pflanzenfarben ergeben intensive, natürliche Farben und schonen das Haar. Am bekanntesten ist wohl Henna. **Henna** gibt es von farblos (für Pflege und Glanz) über Braun, Schwarz und Rot. Es gehört zu den ältesten Haarfärbemitteln überhaupt. Der Zustand des Haares, seine Farbe und Beschaffenheit sind maßgebend für die Haltbarkeit und Intensität der Henna-Farbe.

Livestories aus alter Zeit

Römerinnen standen auf Blond. Um ihre Haare zu bleichen, scheuten sie auch vor extrem gesundheitschädlichen Methoden, wie Säuren oder Schwalbendreck, nicht zurück.

Venezianerinnen versuchten ihre Haarfarbe mit Kamillensud und stundenlangem Sonnen zu bleichen – den Sonnenstich gab´s gleich gratis dazu. Es wurde experimentiert mit Safran-, Henna- und Kamillensäften, mit Edelmetallen, Giftfrüchten, dem Saft roter Schnecken, ätzenden Säuren und Laugen. Vergiftungen waren an der Tagesordnung!

Färben mit Henna

Das Henna-Pulver wird mit heißem Wasser zu einem streichfähigen, heißen Brei verrührt. Nun wäschst du die Haare, spülst sie gut aus und legst zum Schutz ein altes Handtuch über die Schultern. Um Hautverfärbungen zu vermeiden, cremst du die Haut entlang des Haaransatzes mit einer Allzweckcreme oder Vaseline ein. Zum Schutz der Hände brauchst du Plastikhandschuhe. Zieh einen Seitenscheitel und kämme die Haare glatt. Mit einem breiten Haarpinsel wird die Henna-Paste auf die Haaransätze, links und rechts vom Scheitel, aufgetragen. So arbeitest du dich von Haarpartie zu Haarpartie vor. Für ein gleichmäßiges Farbergebnis müssen alle Haare gut bedeckt sein. Nach der Einwirkzeit Haare gut und lange ausspülen, denn Henna ist ziemlich hartnäckig. Anschließend zweimal durchshampoonieren und dabei auch die Kopfhaut gut abrubbeln.

Achtung

Chemische Haarfarben und Henna vertragen sich nicht! Wurde also mit Henna gefärbt, darfst du beim nächsten Mal nicht einfach auf eine chemische Haarfarbe umsteigen (oder umgekehrt). Wenn du wechseln willst, auf jeden Fall warten, bis die alte Farbe vollständig rausgewachsen ist!

Farbglanz fürs Haar

Du brauchst keine neue Farbe, sondern willst deine eigene Haarfarbe einfach mit ganz natürlichen Spülungen auffrischen? Gute Idee, unsere Spülungen sind schnell selbst gemacht und so sanft, dass sie problemlos nach jedem Haarewaschen anzuwenden sind. Sie werden nicht ausgespült.

Lindenblüten für Blonde

Diese Spülung wirkt aufhellend. Sie macht blondes Haar glänzender und setzt schöne Highlights.

Vier Hand voll getrocknete Lindenblüten mit einem Liter Wasser übergießen, 1/2 Stunde köcheln lassen. Abkühlen, dann abseihen.

Hibiskus für Rotschöpfe

Diese Spülung setzt rote Akzente und bringt Glanz in gesundes Haar. Ist das Haar dauergewellt, spröde oder blondiert, nimmt es die Nuance unterschiedlich stark auf. Probiere die Spülung in diesem Fall erst an einer strapazierten Haarsträhne aus.

Eine Hand voll getrocknete Hibiskusblüten in einem Topf mit 1/2 Liter kochendem Wasser aufgießen und zehn Minuten schwach sieden lassen. Eine Stunde ziehen lassen, abseihen und als Vorrat abfüllen.

Kräuter für Brünette

Diese Spülung intensiviert den Farbton und bringt Glanz.

Je zwei Esslöffel Salbei und getrockneten Rosmarin in einem Liter Wasser aufkochen, zudecken und etwa zehn Minuten lang leicht kochen lassen. Von der Herdplatte stellen, zwei Stunden ziehen lassen, dann abseihen. 140 ml Apfelessig zugeben.

Walnussblätter für Dunkle

Diese Spülung hat eine starke Farbintensität. Sie gibt dunkelbraunem Haar eine satte Farbnuance und schwarzem Haar schönen Glanz.

Zwei Hand voll getrocknete Walnussblätter in eine Schüssel geben, mit 1/4 Liter kochendem Wasser übergießen, zudecken und zehn Minuten ziehen lassen. Durch ein feines Sieb abseihen.

Strähnchen – schöne Farbreflexe

Farbe fein dosiert: Strähnchen sind ein Hit. Sie müssen keineswegs nur blond und einfarbig sein. Mit der Mehr-Farben-Technik werden schöne Marmorierungen ins Haar gezaubert. Auch die Strähnen-Stärke spielt eine Rolle: Hauchfeine können die Eigenhaarfarbe unterstützen, beleben und glänzende Highlights setzen. Blocksträhnen setzen sich durch ihre Breite und Nuance etwas stärker von der Farbe des Resthaares ab und sorgen für eine ausdrucksstärkere Optik. Auch Strähnchen kannst du selbst machen. Du musst dich aber genau an die Gebrauchsanweisung des verwendeten Produkts halten.

Hauben-Technik

Durch die Hauben-Technik, bei der die Haare mit einer Häkelnadel durch die Löcher einer Plastikhaube gezogen werden, erreicht man einen mellierten Farbeneffekt.

Foliensträhnen

Leuchtende Akzente setzt man mit Foliensträhnen, die vom Deckhaar aus mit einem Stilkamm „ausgewebt“, mit Alufolie unterlegt und eingestrichen werden.

Kammsträhnen

Am natürlichsten sehen Strähnchen aus, wenn sie mit dem so genannten Strähnenkamm eingekämmt werden.

Wunschfarbe Nr. 1
Viele Girls träumen von einer intensiven blonden Mähne. Ob der Traum problemlos zu erfüllen ist, hängt davon ab, wie weit deine Naturhaarfarbe vom Traumblond entfernt ist.

Blondieren/Aufhellen

Blondieren ist die extremste und strapaziöseste Art eines Farbwechsels. Dabei werden die eigenen Farbpigmente zersetzt. Wo vorher die Farbpigmente waren, sind danach klitzekleine Löcher! Je dunkler die Ausgangshaarfarbe war, desto dichter waren natürlich auch die Farbpigmente gesät und desto mehr Löcher bleiben nach dem Aufhellen zurück. Blondieren ist also jedem abzuraten, der dunkler ist als hellbraun. Die Haare müssten sonst zu sehr leiden, würden strapaziert und vollkommen ausgelaugt – in Extremfällen sehen sie danach aus wie Sauerkraut.

Orange statt blond?

Beim Blondieren werden zuerst die eigenen dunklen Farbpigmente, danach die hellrötlichen zersetzt. Während der Einwirkzeit kann man glauben, dass die Haare orange werden. Wenn du selbst blondierst, darfst du den Oxidationsvorgang jetzt auf keinen Fall unterbrechen, indem du die Blondierung auswäschst, denn sonst bleibt der karottige Ton im Haar. Nach der Blondierung gibst du eine Silberspülung aufs Haar, die neutralisiert und den Haaren den Gelbstich nimmt, der sich nach einer Blondierung oft entwickelt. Extreme Haarveränderungen solltest du besser dem Fachmann überlassen.

Die Volumenshow: DAUERWELLEN

Afrolook, große Locken, sanfte Wellen, optimales Volumen?
Kein Problem, Dauerwellen machen es möglich. Neue Welltypen sind heute sehr schonend und lange haltbar.

Was passiert bei der Dauerwelle?

Die Wellflüssigkeit trennt während ihrer Einwirkzeit immer mehr Molekülketten-Verbindungen auf, die dem Haar seine ursprüngliche Form geben. Die richtige Einwirkzeit ist daher sehr wichtig: Zu kurz, ist das Wellergebnis sehr schwach; zu stark, besteht die Gefahr, dass die Haarqualität Schaden nimmt. Der Dauerwell-Wickler gibt dem Haar dann seine neue Form.

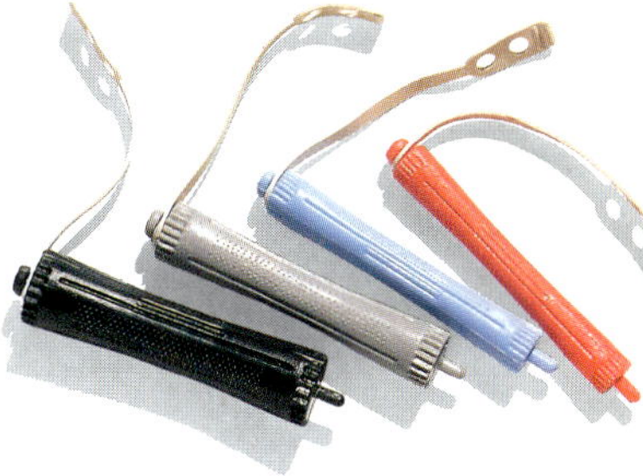

Auf den Dreh kommt es an

Das Wellergebnis hängt nicht nur vom richtigen Dauerwell-Produkt ab, sondern von der jeweiligen Wicklerstärke. Wickeltechnik und Wickler-Anordnung bestimmen Form und Richtung der Locken. Wickler gibt's in unterschiedlichen Stärken – kleine Wickler machen Kringellöckchen und große sorgen für ein großlockiges Wellergebnis. Zu beachten ist aber, dass sich nicht jedes Haar für jede Wicklerstärke eignet.

Verschiedene Dauerwelltypen

Die **alkalische Dauerwelle** hat einen hohen pH-Wert von 9 bis 9,5 und ist super für gesundes, kräftiges Haar. Die **mild-alkalische Dauerwelle** für normales bis kräftiges Haar verfügt über einen niedrigeren pH-Wert von 7,5 bis 9 und beinhaltet einen haarschonenden Ammoniak-Ersatzstoff. Die **saure Dauerwelle** arbeitet im pH-neutralen Bereich von 7,0 bis 7,7 und ist damit sehr haar- und hautfreundlich. Die Umformung ist strukturschonend, deshalb eignet sie sich besonders für geschädigtes und strapaziertes Haar.

Die Volumenwelle

bringt in erster Linie Fülle durch große Wickler. Diese Well-Methode ist allerdings nur bei relativ kurzen Haaren möglich, da lange Haare durch ihr Gewicht den Stand im Ansatz nicht halten können.

Wicklermix

Feines, halblanges Haar bekommt durch einen Wicklermix mehr Fülle und softe Wellen. Die Haarspitzen werden vor dem Aufrollen mit Folie geschützt, damit sie keine Well-Lotion abbekommen und glatt bleiben. Beim Stylen nur ein bisschen Gel verwenden.

Locken-Auffrischer
Für tolle Sprungkraft werden die Haare zwischendurch mit einem Wassersprüher für die Blumen angefeuchtet.

Papillotendauerwelle

Sie bringt großzügige, natürlich fallende Loken. Dafür werden spezielle Wickler verwendet. Die Wickler werden für ein natürliches Ergebnis versetzt eingedreht. Die Locken kommen gut, wenn sie luftgetrocknet werden.

Locken-Pflege

Locken werden niemals in trockenem Zustand frisiert (nur mit den Fingern in Form gezupft). Gekämmt wird nur nass oder feucht, kopfüber, mit einem breitzackigen, gesägten Kamm, ganz vorsichtig nach und nach von den Spitzen zum Ansatz. Am schönsten sind Locken luftgetrocknet.

Schnellkurs für Modefreaks

Mal enge Jeans, mal weite Schlabberpullis, kurze Minis oder coole Maxis – Farben, Formen, Stile wechseln ständig. Die neuesten Modetrends gehen ganz schön ins Geld – und passt das eigentlich alles zu dir, was da als der ultimative Trend angeboten wird? Mit Kreativität und typgerechtem Outfit kommst du oft viel attraktiver daher als im neuesten Trendlook. Die Mode soll deine Persönlichkeit unterstreichen, deine Individualität ausdrücken. Und dabei deine Figur ins rechte Licht rücken. Ob zu groß oder zu klein, ob kleine Pölsterchen irgendwo – Kleidung kann diese Problemchen kaschieren und für deinen optimalen Auftritt sorgen.

FIGUR- & TYP-gerecht kleiden

Zu viel Bauch, zu wenig Busen – über die Hälfte aller Mädchen sind mit ihrem Körperbau nicht zufrieden. Doch nicht die Figur ist das Problem, sondern die falsche Kleidung.
Der Schlüssel heißt: Betone deine Vorzüge. Streiche heraus, was du an dir besonders magst und überspiele deine Problemchen. Es gibt viele raffinierte Styling-Tricks. So wirst du dich in deiner Haut wohl fühlen, ein besseres Körpergefühl entwickeln und größeres Selbstbewusstsein erlangen.

Farben und Stoffe

Deine Grundgarderobe solltest du dir entsprechend deinem Farbtyp (siehe Kapitel 5) zusammenstellen. Achte darauf, dass die Basic-Teile in „deinen" Farben aufeinander abgestimmt sind. Klar, dass du dann mit Einzelteilen in der jeweiligen Trendfarbe kombinieren kannst. Zusätzlich gibt es je nach Figur bestimmte Farben, die besonders vorteilhaft wirken. Das kannst du auf den folgenden Seiten nachlesen.
Bei den Stoffen gilt Folgendes: Natürliche Materialien wie Baumwolle sind am angenehmsten zu tragen. In synthetischen Stoffen schwitzt man leicht. Auch Stoffe solltest du typgerecht auswählen: So lassen z. B. enge Stretchstoffe große, dünne Mädchen noch länger und schlaksiger erscheinen. Für sie sind eher grob strukturierte, locker fallende Materialien geeignet, in denen kleinere Girls wiederum unvorteilhaft aussehen.

Ein bisschen RUND – NA UND!

Klar können sich mollige Mädchen schön und attraktiv kleiden. Dabei gilt es nur einige grundsätzliche Styling-Regeln zu beachten. Denk dran: Modisch getrickst, verbunden mit einer natürlichen Ausstrahlung – und du bist unschlagbar!

Einkaufstipps für die Grundgarderobe:
Die Devise heißt: Die richtige Kleidung kaufen. Hier findest du einige praktische Tipps, die du beim Einkauf beachten solltest:

→ Hosen mit einer schmalen Silhouette, im Hüftbereich weiter geschnitten, tragen nicht auf. Zu weit und schlabbrig geschnitten, lassen sie dich molliger wirken, als du bist. Jeans in Jungengrößen sehen oft lässiger aus, da die Schnittführung lockerer gehalten ist.

→ Die gerade, lange Rockform ist empfehlenswert. Raffungen oder Drapierungen in der Taille werden besser vermieden, da sie auftragen. Natürlich kannst du auch einen Mini tragen. Aber wähle einen dunklen Farbton, auch für die Strümpfe, so wird optisch reduziert.

→ Willst du sexy wirken, musst du keineswegs auf Träger-Tops oder eng taillierte Kleider verzichten. Kombiniere einfach mit einem langen Blazer oder einer frechen Jeansjacke.

Nein zu Zeltkleidung!

Einer der häufigsten Fehler besteht darin, die Pfunde unter überweiter Kleidung verbergen zu wollen. Das Gegenteil tritt ein! Du wirkst optisch noch stärker. Grundsätzlich empfehlenswert ist es, sich an einen lockeren, unstrukturierten Look zu halten, der nie eng und definiert sein darf. Durch die mäßige Weite werden die kritischen Punkte immer locker umspielt.

Aus der TRICKKISTE

- Weich fallende Stoffe tragen nicht auf.
- Auf eine lockere Taille achten, keine zu eng geschnallten Gürtel tragen.
- Vorteilhaft sind farbliche Ton-in-Ton-Abstimmungen.
- Kleine Muster machen schlank.
- Schlichte Schnitte strecken optisch.
- Strumpfhosen, die in der Farbnuance auf das Kleid oder den Rock abgestimmt sind, strecken optisch.

Do

Übrigens:
Ein Look ganz in Schwarz ist der absolute „Dünnmacher".

Don´t

- Riesige Blumenmuster vermeiden.
- Unruhige, große Muster sind ungeeignet.
- Querstreifen ziehen in die Breite.
- Grob strukturierte Stoffe tragen auf.
- Enge dreiviertel- oder knöchellange Hosen sind tabu.
- Helle oder kräftige Farben bei Strumpfhosen lassen die Beine zu stark hervortreten. So wirken sie noch kräftiger.
- Vorsicht bei knalligen Farben.
- Aber auch wer sich von Kopf bis Fuß in uni weiße Kleider oder Pastelltöne hüllt, wirkt optisch runder.

Dünn und schlaksig – BOHNENSTANGE?

Zu dünn und schlaksig: Während molligere Mädchen davon träumen, sind die sehr schlanken oft unglücklich über ihre Figur. Ihr größter Wunsch ist es oft, einmal wirklich sexy und verführerisch auszusehen.

Basisteile richtig kombiniert

Dünne Beine und Arme, wenig Busen, kaum Taille – davon möchtest du ablenken. Perfekt geeignet sind:

- kurze Westen, Steppblousons, flauschige Pullis oder lässige Hemden, die du zu weiten, locker sitzenden Hosen trägst,
- klassisch männliche Bundfaltenhosen mit Aufschlägen sehen nur an dir wirklich gut aus,
- verspielte Oberteile, mit weiten Ärmeln, vielen Rüschen oder Raffungen setzen Akzente und lenken von der schlanken Figur ab.

Richtig dick auftragen
Das kannst nur du dir leisten. Kleider und Stoffe, die an den meisten Girls zu wuchtig und massiv aussehen, kommen bei dir erst so richtig zur Geltung. Plüsch, Grobstrick und dicke Wollstoffe im Winter, noch dazu in farbigen Mustern, sorgen für mehr Volumen. Das ist auch im Sommer möglich. Etagen-Looks mit weit schwingenden Kleidern, Röcken oder Blusen lassen knabenhafte Figuren sehr viel weiblicher erscheinen.

Figurbetont auftreten?

Natürlich kannst du verführerische, körperbetonte Oberteile tragen. Allerdings solltest du zu auffälligen Tops mit interessanten Ausschnitten, Taschen und Details greifen. Auch poppige Muster oder kräftige Farben sind gut.

EXTRA TIPPS

- Kurze Kleider und Röcke mit hautfarbenen oder hellen Strumpfhosen kombiniert sind vorteilhaft.
- Figurbetonte Looks in dicken, auftragenden Stoffen sehen super aus.
- Auch weite, locker sitzende Kleidung sieht toll aus.
- Ein Gürtel um die Taille schafft weibliche Konturen.
- Mit Mustern darfst du experimentieren.

Das kommt gut

Schau dich in Kinderabteilungen der Kaufhäuser um, dort findet man oft gut passende Trendmode.

Unvorteilhaft

- Hautenge Hosen machen Storchenbeine.
- Schlauchartige Kleidungstücke, die hautnah aufliegen, zeigen zu viel Knochen.
- Schulterfreie Oberteile sind absolut unvorteilhaft.
- Keine Längsstreifen tragen, das streckt noch weiter.
- Stretchstoffe lieber meiden.
- Strumpfhosen in dunklen Farbtönen lassen die Beine noch dünner wirken.
- Schwarz macht dich noch dünner.

Hey!
Sei stolz auf dich! Viele Leute versuchen alles, um eine Figur wie deine zu bekommen.

Aus klein MACH GROSS!

Das wünschen sich wohl alle Mädchen mit einer Körpergröße um 1,60 Meter. Ob in der Schule oder im Freundeskreis – es macht vielen zu schaffen, überall eine der Kleinsten zu sein. Aber auch hier gilt: Mit dem richtigen Outfit kannst du dich „groß mogeln".

Die Proportionen müssen stimmen

Deshalb gilt die Faustregel: Hände weg von riesigen Klamotten! Übergroße Kleidung lässt dich noch kleiner erscheinen, du „ertrinkst" regelrecht in ihr. Damit die Proportionen stimmen, solltest du figurnahe Kleidungsstücke mit schmaler Schnittführung wählen.

Optische Tricks wirken ausgleichend:

- Hosen oder Röcke in dunklen Farbtönen, kombiniert mit helleren Oberteilen, lassen die Beine länger wirken.
- Hosen mit Bundaufschlag oder Socken und Kniestrümpfe zu Shorts oder Minis vermeiden. Sie bilden optische Querlinien und verkürzen somit die Länge der Beine.
- Für kleine, schlanke Mädchen sind kurze Röcke oder knappe Minis ideal.
- An kleinen, molligen Mädchen sehen schmale Röcke, die über dem Knie enden, am besten aus.
- Leicht taillierte Blazer, die bis zur Hüfte reichen, oder kurze Jacken bilden die optimale Passform. Sehr ungünstig sind lange, weite Jacken. Sie lassen dich kleiner wirken als du bist und sehen wie schlecht sitzende Mäntel aus.

Das Farbenspiel

Helle und intensive Farben ziehen Blicke an. Je höher du sie trägst, desto größer und schlanker wirkst du. Ein kleines Beispiel: Ein pinkfarbenes T-Shirt zur dunklen Jeans getragen, lenkt von der Taille – der optischen Mitte – ab und streckt kleine Oberkörper. Dieses Farbspiel gilt ebenso für kurze Beine, oft ein Hauptproblem bei kleinen Figuren.

DARAUF KOMMT ES AN

- Vertikale Streifen strecken.
- Accessoires reduzieren, sonst siehst du aus wie der Weihnachtsmann.
- Einfarbige Outfits oder Kombinationen strecken, da es keine optische Unterbrechung gibt.
- Fließende, feine Stoffe und Stretchmaterialien strecken optisch.
- Wenn Muster, dann klein und dezent.
- Schuhe mit moderatem Absatz bringen drei, vier Zentimeter.

Vorteilhaft

Unvorteilhaft

- Große, überdimensionale Muster haben eine erschlagende Wirkung.
- Wuchtige Kragen und überbreite Schulterpartien erdrücken dich.
- Große Tücher machen dich klein.
- Viele Kleidungsschichten übereinander getragen – darin versinkst du.
- Extrem hohe Absätze unbedingt vermeiden, da stimmen die Proportionen nicht.

RIESEN-GROSS?

Große Mädchen empfinden ihre Statur oft als zu burschikos, verstecken ihre Weiblichkeit im Jeans-Look. Doch trag deinen Kopf hoch und steh zu deiner Größe! Groß gewachsene Mädchen können sich modisch etwas richtig Auffälliges leisten.

Der Längen-Mix –
wie geschaffen für große Mädchen. Der Längen-Mix zaubert optische Brüche und teilt die Figur vorteilhaft auf. Hier kannst du mit verschiedenen Teilen in unterschiedlichen Farben und Materialien spielen und immer wieder neu kombinieren.

So kommst du modisch groß raus:

- Lange Kleider mit einer fließenden Silhouette sind ideal. Ungünstig sind verspielte, mädchenhafte Kleider, sie sehen aus, als ob du „herausgewachsen" wärst.
- Habe Mut zu auffallenden Mustern und großzügigen Schnitten, denn das können sich nur wirklich Große erlauben.
- Schön sind bodenlange Mäntel, Kleine würden darin regelrecht versinken.
- Jacken, Blazer und Blusen sollten mindestens an die Oberschenkel reichen, so werden die Proportionen ausgeglichen. Kurze Kastenjacken und knappe Oberteile wirken oft zu klein und gehen in der Länge des Oberkörpers unter. Das Gegenteil tritt also ein: Du wirkst optisch noch länger!

Positiv in Szene gesetzt

Besonders wirkungsvoll bei großen Mädchen sind lange Blazer, lässige Pullis und Hemden. Bei schönen Beinen sehen kurze Shorts und Minis sehr feminin aus. Doch du kannst auch mal lange Röcke oder Kleider in kräftigen Farben tragen. Schließlich bist du ohnehin unübersehbar, deshalb zeig, was du hast!

FOLDENDES solltest du **BEACHTEN**

- Ärmellose Oberteile sind super, um schöne, lange Arme noch mehr zu betonen.
- Dekorative Accessoires, große Kragen oder Volants schaffen Blickpunkte.
- Auffallende, lebendige Farben stehen deiner Größe optimal.
- Große Drucke und großflächige Muster oder Muster-Mix setzen Akzente.
- Schuhe mit leichtem Absatz oder flache Schuhe mit vielen Details sorgen für eine optische Unterbrechung der Beinlinie.

Richtig

▶ Schau dich mal in der Herrenabteilung um. Männerkleidung sieht an dir super aus und lässt sich toll mit femininen Sachen kombinieren. Ein Plus: Normale Hosen haben an dir oft „Hochwasser".

Falsch

- Lange, schlauchartige Kleidungsstücke strecken zusätzlich.
- Klein gemusterte Drucke wirken verloren.
- Längsmuster machen noch größer.
- Kurze Tops bilden optische Querlinien, unterbrechen die Proportionen und sehen dadurch albern und oft zu klein aus.
- Einfarbige, helle Schuhe können leicht wie U-Boote aussehen.

Meine BRÜSTE sind zu KLEIN!

Gerade in der Pubertät beschäftigt viele Mädchen die Größe ihrer Oberweite. Ist sie klein, empfinden sich viele Mädchen als flachbrüstig und sind sehr unglücklich darüber. Doch keine Sorge, mit zunehmendem Alter werden deine Formen fraulicher. Natürlich kannst du auch jetzt schon etwas mehr Form und Fülle zaubern.

Weibliche Formen

Das richtige Oberteil, das aus einem kleinen Busen mehr macht, ist enorm wichtig. Auffällige Blusen, T-Shirts oder Tops mit Taschen oder Rüschen setzen Akzente. Ein BH mit gepolsterten Körbchen oder seitlichen Push-ups täuscht zusätzlich mehr Fülle vor.

Das lässt dich flacher wirken:

- → Knallenge, schwarze Tops.
- → Total figurbetonte, eng anliegende Kleider. Denn dabei wirkt der Oberkörper proportional zum Unterkörper noch schmaler.
- → Wenn du keinen BH trägst, denn er gibt doch etwas Volumen und Form.

Das schmeichelt einem kleinem Busen:

- → Auffallende, gemusterte Oberteile, Blockstreifen.
- → Viele Perlenketten oder Halsketten mit auffälligem Anhänger müssen Mädchen mit großer Oberweite vermeiden, du kannst sie tragen.
- → Mehrere Schichten im Stil des Lagen-Looks übereinander getragen geben Fülle.

Mein BUSEN ist zu GROSS!

Eines der häufigsten Probleme bei Mädchen mit großer Oberweite: Die Proportionen sind nicht ausgeglichen und sie wirken insgesamt üppiger, oft rundlich. Doch das kannst du mit kleinen Tricks raffiniert kaschieren.

Ideal für große Oberweiten:

- Kleine, dezente Muster wirken zurückhaltend.
- Zurücktretende, dunkle Farbschattierungen verkleinern optisch.
- Wenn du Haut zeigen möchtest, sind ovale, u-bootförmige oder abgerundete Ausschnittslinien vorteilhaft.
- Wenn du über Corsagen oder BHs ein locker geknotetes Hemd trägst, hast du ein verführerisches Dekolletee, ohne „zu viel" zu zeigen.

Der perfekte Ausgleich macht's

Verzichte unbedingt auf riesige Oberteile; sie machen dich insgesamt fülliger. Besser sind Blusen, Shirts und Pullis, die soft den Körper umfließen. Durch die leichte Taillierung wird eine schöne Silhouette geschaffen.

Das lässt dich üppiger wirken:

- Zu viel Details, Besätze oder Taschen im Busenbereich betonen zusätzlich.
- Breite Taillengürtel lenken den Blick auf den Busen.
- Kastenförmige Jacken tragen zu sehr auf und stehen ab.
- Accessoires im Brustbereich sollten besser reduziert werden.
- Geschmückte, auffallende Ausschnitte oder Rüschen solltest du meiden.

OJE, meine HÜFTEN ...

Oben Konfektionsgröße 38, im Hüftbereich ein bis zwei Nummern größer: Viele Mädchen leiden unter ihren zu breit geratenen Hüften. Doch wenn du mit dem richtigen Outfit deine Proportionen optisch zurechtrückst, kannst du dieses Problem super kaschieren.

Den Oberkörper raffiniert betonen

Egal ob mit raffinierten oder frechen Mustern, witzigen Details, Streifen, Karos oder auffälligen Farbspielereien, der Oberkörper sollte zum optischen Blickfang werden. Oberteile in lockerer Weite, die bis zur Hüfte reichen, sind optimal.

▶ Trage dunkle Farben im Hüftbereich, sie lassen dich schlanker erscheinen.

So kaschierst du optimal:

- → Lockerer Sitz und gerader Schnitt bei Röcken und Hosen.
- → Dezente Muster im Hüftbereich.
- → Minis ja, aber in der Kombination mit einem hüftlangen, legerem Oberteil.
- → Leichte, luftige Stoffe, die nicht auftragen.

Das solltest du auf jeden Fall vermeiden:

- → Querstreifen sind tabu.
- → Raffungen, viele Falten oder Rüschen im Hüftbereich verbreitern zusätzlich.
- → Knallenge Röcke oder Hosen, die auch noch einschneiden.
- → Helle oder kräftige Farben betonen noch mehr.

HILFE – dicke OBERSCHENKEL!

Viele Mädchen sind mit ihrer Größe und ihrem Körpergewicht rundum zufrieden, wenn da nur nicht ihre kräftigen Beine wären. Dicke Oberschenkel werden oft als Figurfehler empfunden. Doch diese Problemzone kann man relativ einfach kaschieren, ohne dabei auf modisches Styling verzichten zu müssen.

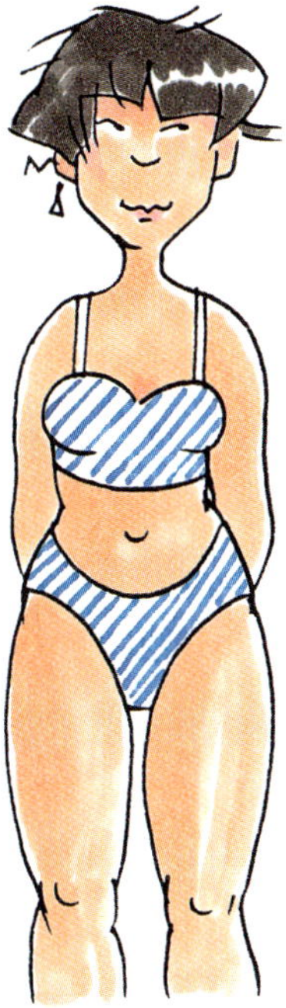

So machst du Pluspunkte:

- → Weich fallende Röcke mit lockerem Sitz überspielen die Hüften.
- → Dunkle Farbnuancen im Beinbereich schmälern optisch.
- → Hüftlange Oberteile kaschieren optimal.
- → Mal eine Nummer zu groß: Lieber in der Taille, also am Bund, etwas weiter als an der Hüfte zu eng.

Das schafft Minuspunkte:

- → Stretchmaterialien, die direkt aufliegen, sollten vermieden werden, weil sie zusätzlich betonen.
- → Enge, helle Hosen verbreitern optisch.
- → Dreiviertellange Hosen verkürzen die Beine und sorgen für noch mehr Breite.
- → Dicke, auftragende Stoffe machen breiter.

Auf die Kombination kommt es an

Überspielen heißt das Motto: Zu eng anliegenden Hosen trägst du lässig weit geschnittene Shirts oder Blusen. Greife zu Oberteilen, die durch interessante Muster die Blicke auf sich ziehen und somit von den Oberschenkeln ablenken.

Beim Hosenkauf beachten: Die Hose sollte an Hüfte und Taille perfekt sitzen, aber an den Oberschenkeln locker geschnitten sein.

ACCESSOIRES-Guide

Mal eine witzige Kappe, mal eine freche Sonnenbrille? Mit den passenden Accessoires kannst du viel Pep in deine Garderobe bringen. Farblose, nicht mehr ganz aktuelle Basisteile lassen sich so effektvoll auf supermodisch trimmen. Starten wir durch!

Schnell gewickelt!

Ein Tuch für alle Fälle: Am Hals gebunden, um Schulter oder Hüfte geschlungen oder hip auf dem Kopf getragen. Ein unschlagbares Accessoire!

Witzig

Gürtelersatz: Ein Tuch in sich drehen und durch die Jeansschlaufen ziehen, schon ist der Gürtel perfekt!

Schultertrick

Große Tücher aus fließenden Materialien oder weichen Wollstoffen für den Winter beleben schlichte Jacken und Blazer.

Kopfschmuck

Ein gerolltes Tuch im Nacken gebunden oder zu einer Kappe mit Knoten am Hinterkopf geformt sieht besonders schön zu luftiger Sommermode aus.

Dezent betont

Kleine Halstücher sehen immer schön aus und können je nach Muster und Farbe zu sportlicher oder klassischer Kleidung getragen werden.

Gürtel im Blickfeld

Schwingend auf der Hüfte getragen oder fest auf der Taille sitzend – Gürtel eignen sich hervorragend, um langweilige Outfits in Schwung zu bringen.

Kettengürtel

in Silber oder Gold sehen extravagant aus, wenn sie überkreuz auf der Hüfte getragen werden.

Elastikgürtel

betonen verführerisch und sind super für Mädchen mit einer schlanken Taille.

Baggy-Belts

so genannte Hüftgürtel mit Taschen, sind sportlich und bieten Platz für Kleinigkeiten.

Ledergürtel

sehen besonders lässig zu Jeans aus.

Ketten, Anhänger, Perlen und mehr!

Auch das langweiligste und einfachste alte Shirt kann super aussehen, wenn du deinen Schmuck richtig einsetzt. Schmuck muss nicht teuer sein. Steck ihn an, binde ihn um … mach weiter, probier es einfach! Der billigste sieht oft am schicksten aus.

Perlen, Perlen

Perlenketten lassen sich toll auch um die Hüfte tragen. Angesteckt: Soll der alte Blazer aufgepeppt werden? Nimm eine simple Stecknadel, fasse Perlen, Knöpfe oder Ketten auf. Und schon besitzt du eine Brosche, die man für viel Geld nicht kaufen könnte!

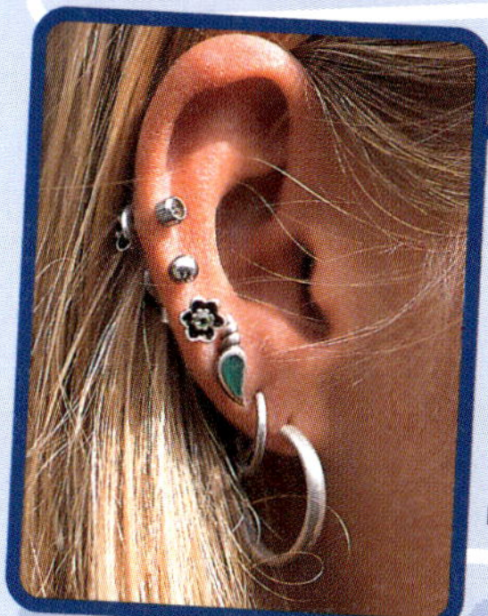

Body Talk

Übertreibe nicht mit vielen übereinander getragenen Ketten. Betone auch andere Körperpartien mit schönem Ohrschmuck, Armbändern und Ringen.

Unikate – Selbst gemacht

Bastle dir ausgefallene Einzelstücke. Kaufe dir ein einfaches Lederband und ziehe es durch einen verzierten Knopf oder ein silbernes Kreuz.

Hinein in die Tasche!

Eine Tasche muss sein – irgendwo musst du wichtige Dinge ja unterbringen. Als Basisstück eignet sich eine große Tasche in einer neutralen Farbe: Sie ist vielfach einsetzbar und lässt sich auch zu den unterschiedlichsten Outfits tragen.

Basisteile

Ein guter Kauf sind Taschen in Blau, Braun oder Schwarz aus strapazierfähigem Leder.

Sack attack

Wirf ihn auf den Rücken und schwupp … schon hast du ihn vergessen! Ein Rucksack ist die komfortabelste Taschenvariante und absolut salonfähig.

Aufgepeppt

Eine langweilige Tasche kannst du mit Bordüren, Ansteckern oder Lederstickereien verzieren.

Ob Kappe oder Mütze …

Je nach Typ und Outfit greift frau zu sportlichen, ausgefallenen oder klassischen Kopfbedeckungen. Es gibt eine riesige Auswahl, die auf dich wartet!

Styling-Trick

Langweilige Hüte einfach mit Muscheln, Knöpfen oder Perlen verzieren.

Sommergag

Schriftzüge oder Muster auf Strohhüte gesprüht sehen witzig aus.

Goldrichtig

Mützen und Kappen sehen immer toll aus und wirken nicht zu gestylt. Kauf sie in Basisfarben, dann hast du die meisten Kombinationsmöglichkeiten.

Brillenshow

Du musst nicht unbedingt kurzsichtig sein, um mit einer Brille auf dem Kopf oder der Nase unterwegs zu sein. Längst gilt es als schick, den Kleidungsstil mit einer individuellen Brille zu unterstreichen.

Maximalen Sonnenschutz

erreichst du mit dunkelgrauen oder braunen Gläsern.

Getönte Gläser

gibt es von zarten Pastellen bis zu kräftigen Farbnuancen. Diese Brillen bringen Power und lassen die Welt in einem fröhlicheren Licht erscheinen.

Optimale Passform

besteht, wenn der Brillenrahmen eine Linie mit den Augenbrauen bildet.

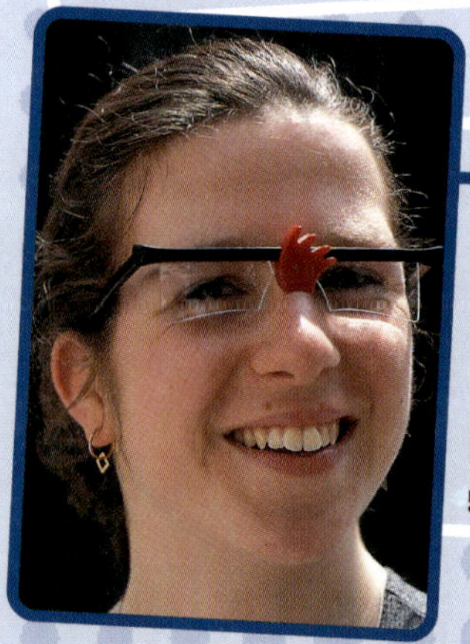

Ausgefallene Gestelle

sind ein Blickpunkt – müssen aber zur Gesichtsform passen. Zu einem runden Gesicht passen breite Brillen. Eckige Gesichter sehen mit großen Gläsern, aber geraden Formen gut aus.

Schuhfibel

Schuhe sollten immer variabel einsetzbar sein. Drei Basismodelle, die zu jedem Outfit passen: sportliche, flache Treter, lässige Boots und schlichte, etwas elegantere Schuhe.

Variantentrick

Schuhe in den klassischen Farben Braun, Blau und Schwarz passen zu den unterschiedlichsten Outfits.

Lovely Legs

Wer schöne Beine zur Geltung bringen möchte, sollte Schuhe und Strümpfe in auffallenden Farben wählen.

Color Crazy

Liebst du Farben, geben bunte Schuhe deinem Outfit den besonderen Kick.

No zu hohen Hacken

Fußfreundlicher und bequemer sind Schuhe mit fünf bis sieben Zentimeter hohen Absätzen.

Schön, fit und gesund

Wer sich in seinem Körper wohl fühlt, hat eine super Ausstrahlung. Klar, wer einen flachen Bauch und eine schlanke Taille hat, tut sich da leicht. Doch für die Figur kann man auch einiges tun – keine Wunderdiäten, nein, aber eine gezielte Powerpflege, ein bisschen Training und die richtige Ernährung bringen dich in Bestform. Ein wenig Willenskraft und Durchhaltevermögen sind nötig, aber du wirst dich danach topfit fühlen. Auch bewusste Entspannung bringt viel für die Schönheit – hör mal in dich hinein, komm zur Ruhe, such dein seelisches Gleichgewicht. Hier findest du dein Wellness-Programm für Körper, Seele und Geist.

BEWUSSTER ESSEN
– kein Stress mit der Figur

Essen soll Spaß machen und dich mit allen lebenswichtigen Nährstoffen versorgen. Keinesfalls darf Essen zum Problem werden. Doch leider ist das bei vielen Mädchen und Frauen der Fall – meinen sie doch, um jeden Preis eine „Idealfigur" erlangen zu müssen. Dabei hat jeder Mensch von Geburt an ein bestimmtes Gewicht genetisch vorprogrammiert, das auf seinen Körperbau abgestimmt ist. Wenn du also mit deinem Körper in Einklang bist, dich vernünftig ernährst, auf dein inneres Sättigungsgefühl hörst, nicht aus Langeweile oder Frust isst und genügend Bewegung hast, stehen die Chancen gut, dass du auch ohne ständige Kalorienzählerei dein Wohlfühlgewicht hältst.

Überleg mal:
Hier ein Hamburger, da eine Cola, dort ein Riegel – wer sich dauerhaft kaloriengerecht und gesund ernähren will, sollte sich mal bewusst machen, was er im Laufe eines Tages so nebenher verdrückt.

Der Speisezettel

Um das Gewicht zu halten oder zu reduzieren, ist es am wichtigsten, die Fettkalorien zu reduzieren. Denn sie schlagen an. Empfehlenswert ist ein Speisezettel mit 60 Prozent Kohlenhydrate, 30 Prozent Fett und 10 Prozent Eiweiß. Die Devise lautet: Viel Rohkost, Vollkornprodukte, magere Milchprodukte – wenig Zucker, Salz, tierische Fette und Alkohol!

DIÄT – JA oder NEIN?

Wer rundherum zu viele Pfunde draufhat, dem kann eine kurzzeitige, vernünftige Diät natürlich helfen. Aber Finger weg von Radikal-Diäten! Damit schadest du dem Körper mehr, als du gut machst. Brustgewebe z. B. ist äußerst empfindlich und reagiert heftig auf große Gewichtsschwankungen. Lieber langsam abnehmen oder auch ein paar Pfunde zu viel auf der Waage haben als einen Hängebusen! Und allzu leicht gerät man beim Fasten in einen Diätenwahn, der bei vielen Mädchen in Essstörungen wie Magersucht und Bulimie endet.

Der BMI

Ob dein Gewicht im Normalbereich liegt, kannst du mit dem BMI (Body-Mass-Index = Körper-Gewicht-Index) zuverlässig prüfen. Er errechnet sich folgendermaßen:

$$\frac{\text{Körpergewicht}}{(\text{Körpergröße})^2} = \text{BMI}$$

Beispiel: $\frac{56 \text{ kg}}{1{,}60\text{m} \times 1{,}60\text{m}} = 21{,}8 \text{ BMI}$

Das bedeutet der BMI:

20–25 = Normalgewicht
25–30 = Übergewicht
über 30 = Fettsucht

Figurbewusste Ernährung

Die wichtigsten Tipps:

Unbedingt 1,5–2 Liter Flüssigkeit regelmäßig über den Tag verteilt trinken. Hervorragend sind Wasser und ungesüßte Tees. Wer unbedingt etwas Süßes braucht, mischt Wasser mit Fruchtsaft im Verhältnis 1:3 oder 1:4.

Je langsamer man isst, desto eher verspürt man das Sättigungsgefühl. Wer in kurzer Zeit wahllos große Mengen isst, hat sich oftmals schon übernommen.

Am besten den Körper langsam auf kleine Mengen umstellen, die über den ganzen Tag verteilt werden. Dabei kalorienreiche Speisen reduzieren. Aber: kein rigoroses FDH-Prinzip!

Und denk dran: Das für dich „richtige" Gewicht hast du dann, wenn du körperlich fit und leistungsfähig bist, Spaß am Leben hast und genussvoll essen kannst.

SCHÖNHEIT geht durch den Magen

Schönheit kann man essen – wusstest du das? Nein, es geht hier nicht um Wunderpillen oder Zaubertranks, sondern um Nahrungsmittel, deren Inhaltsstoffe den Zustand von Haut und Haaren entscheidend verbessern können. Diese Wirkstoffe sind Vitamine, Mineralstoffe, Spurenelemente, Aminosäuren, Eiweiß oder bestimmte Fette, die in besonderer Weise schönheitsfördernd sind.

Vitamine und Mineralstoffe: die Gesundheitspolizei

Vitamine und Mineralstoffe machen fit und schön. Doch wir bekommen nur geringe Mengen von ihnen ab. Selbst wer viel Obst und Gemüse isst, ist oft nicht ausreichend versorgt. Denn diese Gesundheitsstoffe sind äußerst anfällig gegenüber Licht, Lagerung und Kochen. Im Zweifelsfall kann deshalb ein Vitaminpräparat durchaus mal angebracht sein. Wie du Vitamine im Hinblick auf deine Bedürfnisse richtig dosierst, erfährst du beim Arzt oder auch in der Apotheke.

Äpfel, Aprikosen, Erdbeeren, Ananas, Mangos entschlacken den Körper, bieten viele Vitamine und sorgen für eine reine Haut.

Hirse ist ein Superkorn. Sie enthält Kieselsäure, die Haut, Haare und Nägel kräftigt.

Jogurt, Kefir und Buttermilch enthalten wichtiges Kalzium für starke Knochen sowie Vitamin A, das den Stoffwechsel der Haut fördert.

Karotten sorgen für gesunde Augen, Kohlrabi stärkt die Zähne, Spinat fördert die Durchblutung, Erbsen verfügen über einen hohen Nährstoffgehalt, der den Zustand von Haut, Haaren und Nägeln verbessert.

Bierhefe enthält konzentrierte Schönheitsvitamine sowie Zink.

Vollkornprodukte und Müsli enthalten viele B-Vitamine und Mineralstoffe, die wichtig sind für schöne Haut, Haare und feste Nägel.

Kalt gepresste Pflanzenöle enthalten ungesättigte Fettsäuren und Vitamin E, die für eine geschmeidige Haut wichtig sind.

FETTKILLER SPORT

Diät – na ja. Bewusst essen – gut. Mit Sport – super! Statt nur die Ernährung umzustellen, solltest du den Körper aktivieren. Das hilft Pfunde abzuschmelzen. Dabei werden nicht nur beim Sport Kalorien verbrannt, nein, durch regelmäßiges Training erhöht der Körper seinen Stoffwechsel, so dass du auch in „sportfreien Stunden" mehr Kalorien verbrauchst. Zur Fettverbrennung sind vor allem die Ausdauersportarten wie Joggen, Radfahren, Schwimmen oder Aerobic geeignet. Wichtig ist regelmäßiges Training, am besten drei- bis viermal in der Woche ca. 30 Minuten.

Durstlöscher:
Wer aktiv sportelt, muss viel trinken. Beim extremen Schwitzen scheidet der Körper Stoffwechselschlacke, Giftstoffe, aber auch Mineralstoffe und Salze aus. Mit Mineralwasser kann man dem Körper diese wichtigen Stoffe schnell wieder zuführen.

Die wichtigsten Tipps:

1. Generell gilt: Je höher die sportliche Intensität, umso mehr Kohlenhydrate, aber umso weniger Fett verbrennt der Körper. Man muss also nicht erst voll aus der Puste sein, damit der Körper seine Fettdepots angreift.

2. Schon nach vier bis fünf Minuten ist der Körper imstande, Fett zu verbrennen. Voraussetzung ist natürlich, dass er im individuell-optimalen Belastungsniveau arbeitet.

3. Ein optimaler Fettkiller ist das Walken, ein schnelles, konzentriertes Gehen. Achte darauf, dass sich dein Atemrhythmus im Vierer-Takt einpendelt: also vier Schritte beim Einatmen, vier Schritte beim Ausatmen.

4. Bei extremer Belastung verbraucht der Körper verstärkt Kohlenhydrate, weil sie schneller verfügbar sind.

5. Wer zwischen 30 und 40 Minuten im optimalen Belastungsbereich Sport macht, kann 400–500 Kalorien in Form von Fettdepots verbrennen.

SPORT & PFLEGE

Vor und nach dem Sporttreiben braucht der Körper Extrapflege – entsprechend der Sportart. Um Körpergeruch vorzubeugen, verwendest du ein Deo. Willst du bei Wind und Wetter draußen joggen oder Rad fahren, schützt du deine Haut mit Fettcreme. Im Sommer Sonnenschutz nicht vergessen! Wichtig ist auch die richtige Kleidung. Bequem sollte sie in erster Linie sein, nicht einengen oder scheuern. Absolut empfehlenswert sind Naturmaterialien, wie Baumwolle. Natürlich solltest du in exakt passende, auf deine Sportart abgestimmte Turnschuhe investieren. Und danach? Duschen mit einem milden Duschgel ist ein Muss. Optimal ist dabei eine Hautmassage. Nach dem Abtrocknen mit Bodylotion oder Öl eincremen.

Wichtig:
Das Training langsam und in zweckmäßiger Kleidung angehen. Nicht gleich nach dem Essen beginnen. Den Körper erst aufwärmen. Während der Übungen richtig atmen. Anschließend den Körper immer lockern. Eine Wechseldusche warm-kalt ist ein wohltuender Abschluss jeder sportlichen Betätigung.

Extra-Pflege

Die Haut der Bauchdecke wirkt wie ein Korsett. Ist sie hier erst einmal erschlafft, verliert sie ihre natürliche Stützfunktion und der Bauch wölbt sich vor. Natürlich kommt es darauf an, wie die Hautbeschaffenheit ist, aber auch Jugend schützt vor Zellulitis nicht. Das heißt, am besten beugt man mit einer durchblutungsfördernden Körpercreme vor. Verbinde das Eincremen nach dem Sport gleich mit einer Massage.
Gut sind entsprechende Massagebürsten mit weichen Borsten. Man massiert die trockene Bauchdecke damit ein bis zwei Minuten mit leichten, kreisenden Bewegungen, bis sie einen rosigen Schimmer hat. Jetzt wird die Creme aufgetragen und auch in kreisenden Bewegungen und unter festem Druck des Handballens einmassiert.

Make-up

hat bei Sport nichts zu suchen. Wenn's gar nicht ohne geht, verwende eine wasserfeste Mascara. Auf Puder unbedingt verzichten: Er verklumpft mit dem Schweiß, die Haut kann nicht atmen und es bilden sich Hautunreinheiten.

BODY-FORMING

Ausdauertraining wie Schwimmen, Laufen, Radfahren ist das eine: unverzichtbar für allgemeine Fitness und Gewichtsreduktion. Spezielle Body-Übungen für einzelne Körperzonen sind das andere: Hier kannst du spezielle Muskelzonen trainieren oder Pölsterchen gezielt abbauen. Spezielle Geräte dazu findest du im Fitness-Studio. Doch auch zu Hause in deinen eigenen vier Wänden kannst du gezielte Body-Übungen machen.

Das 3-Punkte-Programm

→ Auf den Rücken legen, mit den Ellbogen aufstützen und den Körper in eine leichte Schräglage bringen. Die ausgestreckten Beine vom Boden aufheben und ablegen, die Beine anwinkeln. Dann wieder flach hinlegen.

→ Mit ausgestreckten Beinen auf den Boden setzen, Hände dabei links und rechts neben dem Po aufstützen. Po vom Boden heben (in die Brückenstellung). Ganz langsam aufwärts und langsam wieder absetzen. Wiederholen, so oft es geht.

→ Im Liegen oder Stehen den Bauch einziehen, dann locker, aber schnell nach außen wölben und wieder einziehen. Übung zehnmal wiederholen.

Straffer Bauch & Wespen-Taille

Tanzt du gern? Super, denn das ist ein optimales Training für die Körpermitte. Viele lateinamerikanische Tänze sowie Bauchtanz wirken verstärkt auf Taille, Hüfte und Bauchmuskeln. Kurse geben Privatinstitute und Volkshochschulen. Auch gut: Rudern oder Hula-Hupp, die kreisenden Bewegungen mit Hüftschwung.

Knack-Po & schöne Beine

Po und Oberschenkel gehören zu den Problemzonen Nummer eins. Denn hier legt der Körper eiserne Reserven für schlechte Zeiten an. Diese Fettreserven mobilisiert er erst dann, wenn wo anders beim besten Willen nichts mehr zu holen ist.
Was also tun? Um den Stoffwechsel so zu mobilisieren, dass der Körper an diese Depots schneller rangeht, ist kalorienarme Kost in Verbindung mit gezieltem Muskeltraining eine bewährte Methode.

Immer in Bewegung bleiben
Springen und Laufen fordern die Bein- und Po-Muskulatur. Zehn Minuten täglich bringen dabei mehr als 60 schweißtreibende Minuten einmal die Woche. Geh bei schönem Wetter raus zum Rollerbladen, Laufen oder Radfahren. Nur keine faulen Ausreden bei schlechtem Wetter: Seilhüpfen, Tanzen und sogar Treppensteigen bringen ganz beachtliche Erfolge.

Übungen

für einen straffen Po:

- Auf den Bauch legen, den Po anspannen. Die Arme liegen leicht angewinkelt neben dem Oberkörper. Oberkörper und Arme ein Stück anheben, gleichzeitig die Beine anwinkeln. Dann wieder flach hinlegen.
- Auf den Rücken legen, die Beine im 90-Grad-Winkel anwinkeln. Das Becken heben, zehn Sekunden halten. Senken und lockern. Siebenmal wiederholen.
- Hinsetzen, Beine ausstrecken, Rücken gerade halten, Arme im Nacken verschränken. Jetzt im Wechsel mal links, mal rechts den Po anheben.

Gymnastik

für die Beine:

- Auf den Rücken legen, Beine hoch in die Luft und Rad fahren.
- Auf den Rücken legen, Beine gestreckt halten, jeden Fuß abwechselnd auf seine Außenkante legen, dann nach innen drehen. Zehnmal wiederholen.
- Hinknien, Arme an beiden Seiten locker hängen lassen. Das Gewicht des Oberkörpers langsam nach hinten verlagern und langsam wieder in die Ausgangsposition bringen.

Schöne Brüste

Für einen schönen Busen ist zunächst mal gute Haltung gefragt. Bei aufrechter Haltung verteilt sich das Gewebe des Busens optimal auf dem Brustkorb – das Hautgewebe wird geschont. Beim Hinlümmeln dagegen sackt der Busen nach vorne und belastet die elastischen Bindegewebsfasern aufs Äußerste. Übrigens, Yoga und Ballett können wahre „Haltungswunder" vollbringen. Als zusätzliche tägliche Maßnahme ist eine leichte Bürstenmassage bei einer Wechseldusche super.

▶ Bei Busengymnastik sollte man nie enge Kleidung tragen, den BH am besten ausziehen.

Die 3 Übungen
für den Busen:

→ Gerade hinstellen und hinter dem Rücken mit ausgestreckten Armen die Hände verschränken. Kopf in den Nacken legen und versuchen, die ausgestreckten Arme so weit wie möglich nach oben zu ziehen. 10- bis 15-mal wiederholen.

→ Arme vor der Brust anwinkeln, Ellenbogen zur Seite nehmen. Handflächen mehrere Sekunden lang aufeinander pressen, dann lockern. Zu empfehlen sind drei Durchgänge mit jeweils zehn Wiederholungen.

→ Auf den Bauch legen, Beine nach oben abwinkeln, Arme nach hinten und die Fußfesseln umfassen. Versuchen sich hinten und vorne hochzuziehen. Füße dabei nicht loslassen. Fünfmal wiederholen.

Modeltipp:
Hanteltraining ist optimal für die Brustmuskulatur: Hanteln aufnehmen, Arme waagerecht zur Seite strecken, Gewichte vor der Brust mit gestreckten Armen zusammenführen. Anfangs fünf Wiederholungen, langsam auf drei Durchgänge mit jeweils zehn Wiederholungen steigern. Anstelle von Hanteln können auch Mineralwasserflaschen verwendet werden.

WASSER-GYM

Gute Nachricht für alle Wasserratten: Bewegung im Wasser ist optimal für den ganzen Body – egal ob man schwimmt oder Gymnastik macht! Training im Nassen ist besonders effektiv, denn Wasser bietet dem Körper einen 50- bis 60-mal größeren Widerstand als Luft. Haut und Bindegewebe werden straff, Schlacken und Fettpolster werden abgebaut.

Wichtig:
Zum Aufwärmen der Muskeln vor der Gymnastik erst einmal ein paar Bahnen schwimmen, danach zehn bis zwanzig Minuten üben.

Rücken-Entspannung

Auf den Rücken drehen, die Arme seitlich ausstrecken und auf den Beckenrand legen. Den Körper knapp unter der Wasseroberfläche halten und mit den Beinen ein bis zwei Minuten an der Oberfläche so kräftig wie möglich strampeln.

Busen-Straffer

Mit den Händen am Beckenrand festhalten, Arme gestreckt halten, Knie bis zum Kinn anziehen, Fußspitzen dabei an der Wand abstützen. Beine strecken, zehn Sekunden halten, wieder anwinkeln. Zehnmal wiederholen. Hände und Füße dabei immer am Rand, bzw. an der Wand, lassen.

Bein-Former

Mit der rechten Körperseite zum Rand stellen und den rechten Arm angewinkelt auf den Beckenrand legen. Linken Arm nach vorne ausstrecken, linkes Bein strecken und anheben. Fußspitze greifen und linkes Bein so hoch wie möglich ziehen. Kurz verharren, absetzen. Zehnmal wiederholen, umdrehen und mit dem rechten Bein üben.

Feste Arme

Im Wasser die Arme zur Seite ausstrecken, entgegen dem Wasserwiderstand nach vorne zusammenführen.

Wasser – der Kalorienkiller
Schwimmen zählt zu den gesündesten Sportarten. Der ganze Körper wird zugleich trainiert. Bei schnellem Schwimmen können in der Stunde bis zu 400 Kalorien verbraucht werden.

SAUNA – POWER
für das Immunsystem

Regelmäßige Saunagänger sind topfit. Nasskalte, stürmische Herbsttage und frostig klirrender Winter können ihnen wenig anhaben. Denn Saunabäder härten den Körper ab und machen ihn immun gegenüber Krankheitserregern.

Schwitzen macht schön

Regelmäßiges Schwitzen und die nachfolgenden Wasseranwendungen wirken sich auf die oberen Hautschichten aus – sie quellen auf. Beim Duschen und Abtrocknen stoßen sich Hornhautzellen ab und werden mit ihren Verunreinigungen wie bei einem Peeling sanft entfernt. Das Ergebnis ist eine Haut wie Samt.

Saunen – aber richtig

1. **Vor dem Saunabad duschen und abtrocknen.**
2. **Maximal 15 Minuten Saunabaden. Im Hitzeraum auf der zweiten oder dritten Bank liegen oder sitzen.**
3. **Um ein Absacken des Kreislaufs zu vermeiden: Zwei Minuten vor dem Rausgehen aufsetzen.**
4. **Direkt ins Freie gehen, denn der Körper braucht Sauerstoff. Kalt abspritzen. Warmes Fußbad nehmen.**
5. **Anfänger wiederholen noch einmal, Geübte zweimal. Mehr als drei Gänge sind unnötig, denn sie machen nur müde.**
6. **Den Körper großzügig einölen oder eincremen.**

MASSAGE – Streicheleinheiten für KÖRPER UND SEELE

Auch die Haut braucht Streicheleinheiten. Nach einer Massage ist sie rosig durchblutet, zart und glatt. Toller Nebeneffekt – auch die Seele wird verwöhnt. Am besten verbindest du das Eincremen gleich mit einer Massage.

Gesichtsmassage

Wichtig:
Im Gesicht muss die Massage ganz zart vorgenommen werden. Die Haut darf nicht geschoben und gezerrt werden. Niemals die trockene, sondern nur die gereinigte und eingecremte Haut massieren.

Stirn

Mit den Fingerspitzen des Mittel- und Ringfingers von der Nasenwurzel nach oben zum Haaransatz, weiter bis zur Schläfe streichen, dort einen kurzen Moment leicht drücken. In immer kleineren Halbkreisen mehrmals wiederholen.

Nase

Parallel mit beiden Mittelfingern an der linken und rechten Seite der Nase nach unten streichen. An den Nasenflügeln die Fingerkuppen kreisen lassen.

Wangen

Die Wangenpartie von der Gesichtsmitte nach außen und von unten nach oben in kleinen, zarten, kreisenden Bewegungen massieren.

Kinn

Mittel- und Ringfinger beider Hände an der Kinnmitte ansetzen, am Unterkiefer nach außen bis zu den Ohrläppchen streichen. Auf diese Weise die gesamte Kinnpartie massieren.

Mund

Fingerkuppen von Mittel- und Ringfingern an der Unterlippenmitte ansetzen, nach außen zum Mundwinkel und zur Mitte der Oberlippe massieren.

Spezielle Massageöle perfektionieren diese Behandlung.

RELAXEN – Stress ade!

Stress in der Schule, im Alltag, in Beziehungen – er lässt uns nicht los und tagtäglich stehen wir „unter Strom". Es gibt aber auch Stress, den wir uns selber machen: Situationen nicht abwarten können, „schwarz sehen" in jeder Lebenslage, das kostet Energie und laugt Körper und Geist aus. Müdigkeit, schlechte Laune, Lustlosigkeit sind untrügliche Zeichen für Überforderung. Spätestens jetzt ist es Zeit für Entspannung! Der Körper muss sich regenerieren, um Power zu tanken. Abschalten und tief Luft holen und schon bist du auf dem besten Wege, Stress und Probleme anzugehen. Probier es mal mit folgenden Entspannungsmethoden. Am besten nimmst du dir jeden Tag zehn Minuten Zeit für eine bewusste Entspannung.

Positiv Denken ist ein großer Schritt zur Stressbewältigung. Ein simples Beispiel macht den Unterschied deutlich: Ist das Wasserglas halb voll oder halb leer? Halb voll ist positiv gedacht! Positiv Denken kann man durch eine Art Selbsthypnose lernen. Man kann dem künstlichen Stress schon vorbeugen, indem man sich einige Minuten Zeit nimmt, sich entspannt, sich seine Wunschvorstellung selbst einredet und sich seine Ziele mehrmals laut vorsagt, und zwar jeden Tag!

Richtig atmen Augen schließen und auf den Atem achten: Durch die Nase einatmen, durch den leicht geöffneten Mund ausatmen – ganz langsam. Konzentriere dich auf das Atmen und denke an nichts anderes.

Aromatherapie

Düfte wirken auf das vegetative Nervensystem. Sie können anregen oder beruhigen. Eine besonders entspannende Wirkung erreichst du, wenn du mit den aromatischen Essenzen dein Zimmer erfüllst. Dazu verwendest du am besten eine Aromalampe. Entspanner und Stressreduzierer sind Geranie, Lavendel, Kamille oder Melisse.

Qi Gong

Bei Qi Gong steht das Zusammenspiel zwischen Atmung und Bewegung im Mittelpunkt. Eine Übung für zu Hause: Zwei Kugeln in der Handfläche im und gegen den Uhrzeigersinn kreisen lassen. Zuerst in der rechten, dann in der linken Hand. Dabei ruhig und gleichmäßig atmen.

Farben

Farben entspannen oder stimulieren. Die Farbtherapie bringt erstaunliche Wirkungen. Rot ist anregend, Gelb aktiviert, Grün besänftigt und Blau wirkt beruhigend. Zum Abschalten solltest du dunkelgrüne oder blaue Farbflächen fixieren.

Yoga

Yoga macht fit und entspannt. Ziel ist es, Körper, Geist und Seele in Einklang zu bringen. Durch langsame Übungen und das Verharren in bestimmten Stellungen versucht man zu fühlen, was sich im Körper tut und beobachtet den Atem. Zu den unterschiedlichen Körperstellungen gehören verschiedene Atemübungen. Yoga fördert auch die Beweglichkeit und das Koordinationsvermögen.

Musik

Töne und Klänge gehen in das Bewusstsein über und wirken ebenfalls auf das vegetative Nervensystem. In der Musiktherapie werden langsame, sich wiederholende Klänge sowie lang anhaltende Töne wie in der Meditationsmusik verwendet. Entspannend: Hinlegen, Augen schließen und sich voll auf die Musik konzentrieren.

Lotussitz
Dies ist die bekannteste Meditationshaltung. Im Lotussitz erreicht man eine Stellung des vollkommenen körperlichen Gleichgewichts.

Wichtig:
Wenn du eine Entspannungstechnik erlernen willst, solltest du einen Kurs bei einem erfahrenen Therapeuten belegen. Die Übungen hier sind nur zum „Schnuppern" gedacht.

Wer mehr über die Zutaten in Kosmetikprodukten wissen möchte, kann eine Liste mit den Funktionen aller Stoffe und den Übersetzungen der Pflanzennamen kostenfrei über folgende Adresse anfordern:

IKW– Industrieverband Körperpflege und Waschmittel e. V.
Kennwort: INCI-Liste
Karlstraße 21
60329 Frankfurt a. M.

Beauty-Tipps per Internet:
www.beauty-and-more.de
www.ki-online.de
www.beautybuzz.de
www.cosmeticmall.com
www.HairNet.de
www.Typberatung.de
www.CosmeticRegister.de

Register

Bildnachweis
Alle Fotografien von Ernst Fesseler, außer S. 9: Igedo, S. 123, 124: Wella GmbH

Frisuren, Kosmetik
Haarbasis und Beautybasis Ravensburg

Kleidung
Body Shop Ravensburg, **Gecko Schuhe** Ravensburg, **Gröner Augenoptik** Bad Waldsee, **Mara Mode** Ravensburg, **Möttelin Modehaus** Ravensburg, **Wiederhold Mode** Bad Waldsee

Fotomodelle
Cassandra Anderson, Ba Erb, Julia Bauer, Myriam Bauer, Claudia Bentele, Lara Blank, Birgit Boneberger, Annette Bott, Becky Botyen, Karin Buczman, Olga Darultschenko, Kirstin Dohmann, Lea Gantner, Melanie Hickisch, Ulrike Hoepfner, Eugenia Jerr, Verena Jobke, Simone Kloos, Claudia Knoll, Linda Kreissle, Marcella Mack, Elisabeth Mahle, Jana Mangholz, Miriam Penck, Sophie Poelchau, Susanne Rutka, Eve Schuchmann, Judith Sedlak, Hanna Uelhof, Sarah Wiederhold, Johanna Wurm

Die Deutsche Bibliothek – CIP-Einheitsaufnahme

Ein Titeldatensatz für diese Publikation ist bei
Der Deutschen Bibliothek erhältlich

Die Schreibweise entspricht den Regeln
der neuen Rechtschreibung.

3 2 1 02 01 00

Illustrationen: Birgit Rieger
Umschlaggestaltung: Andrea Dölling
Layout: Caroline Krämer
Redaktion: Jeanette Stark-Städele/Sabine Zürn

Printed in Germany

ISBN 3-473-35873-8